Elvira Santos

Flügelschläge

Eine Kindheit in Rio de Janeiro

Autobiografischer Roman

Bibliografische Information der Deutschen Nationalbibliothek:
Die Deutsche Nationalbibliothek verzeichnet diese Publikation
in der Deutschen Nationalbibliografie; detaillierte
bibliografische Daten sind im Internet über http://dnb.dnb.de
abrufbar.

Herstellung und Verlag: BoD – Books on Demand,
Norderstedt

Cover- und Umschlaggestaltung: Karen Buchholz-Bruns,
augenzwinkern.net
Lektorat: Julia Powalla & Julia Scales
Korrektorat und Satz: Julia Scales
Portraitfoto Elvira Santos: Paul Bonn
Mitwirkung: Wolfram Fuchs

ISBN: 9783750422179

Für meine Eltern in memoriam
und meinen Bruder Amarinho

Ich bedanke mich bei meinem Mann Wolfram Fuchs,
der an mein Projekt geglaubt und mich moralisch
und tatkräftig unterstützt hat.

KAPITEL 1

Ich flog auf der Schaukel hoch in die Luft, als ich ein seltsames Geräusch über meinem Kopf hörte. Ein Knoten am Seil der Schaukel hatte sich gelockert. Ich schaukelte langsamer, bis meine kleinen Füße die weiche Erde berührten, und blieb auf der Schaukel sitzen. Papa würde sie wieder in Ordnung bringen – wenn er könnte. Die Küchentür mir gegenüber stand offen. Meine Mutter kochte und der Duft von frischen schwarzen Bohnen und Reis stieg mir in die Nase. Die Mittagssonne brannte durch die Blätter des Guaven-baumes auf meine Haut. Der Obstbaum hatte einen langen Ast, der wie ein gestreckter Arm nach außen zeigte. Deswegen hatte mein Vater diesen Baum für die Schaukel ausgesucht. „Von hier kannst du den Duft von Mamas Essen und von Guave genießen", hatte er gesagt und dabei gelacht.

Ich stand auf und ging zur Wand neben der Küchentür, zu meinen Puppen, die in einer Holzkiste auf dem Boden lagen. Diese Kiste hatte mein Vater für meine sechs Puppen gebaut. Die Puppen machte meine Mutter aus abgelutschten Mangokernen. Sie reinigte sie mit einer Bürste auf dem Waschbrett, und anschließend ließen wir die dicken Mangokerne drei Tage lang in der

Sonne trocknen. Erst dann konnte ich mit ihnen spielen. Die langen Fasern auf den Kernen waren die Haare. Ich hockte mich hin, hielt eine Puppe hoch und strich ihr über die Fasern.

„Mit solchen Haaren kannst du nicht in die Schule gehen, mein Liebling", sagte ich. „Warte, ich hole einen Kamm." Auf der hohen Schwelle der Küchentür stieß ich fast mit meiner Mutter zusammen.

„Das Essen ist fertig", sagte sie zu mir, „hol deinen Vater." Sie wischte sich die Hände an der Schürze ab. „Und nimm Amarinho mit."

Außer meinem Vater liefen wir alle im Garten nur barfuß. Ich suchte unsere Havaianas und fand sie im Kinderzimmer. „Amarinho!", rief ich und ging zum seitlichen Garten. Mein großer Bruder stand im Schatten des riesigen Mangobaums.

„Lässt du einen Drachen steigen?", fragte ich ihn. Er hielt seine linke Hand vor die Brust, während seine Rechte sich schnell in der Luft bewegte. Er schaute nicht zu mir, sondern zu den dicken Mangos, die über seinem Kopf hingen, als hätte sich sein Drachen zwischen ihnen verfangen. Wie gerne hätte ich ihm einen echten Drachen geschenkt.

„Amarinho, wir müssen Papa holen. Schnell!" Ich duckte mich zu seinen großen Füßen. Er stützte sich schwer auf meine Schultern, dann hob er nacheinander beide Füße an und ich schob seine Havaianas darunter.

Ich richtete mich auf und führte ihn an der Hand zum Gartentor.

Amarinho ging langsam und sprach undeutlich. Außerhalb der Familie verstand ihn kaum jemand, und auch wir hatten oft Schwierigkeiten. Beim Essen war er stets der Letzte, und meine Mutter oder wir sagten zu ihm: „Come Amarinho! Iss weiter!" Dann aß er einen Bissen und redete wieder mit sich selbst. Zwischendurch sagten wir zustimmend: „Sim, sim!", damit er das Gefühl bekam, man hörte ihm zu. Er spielte mit den anderen Jungen auf der Straße. Gemeinsam jagten sie Frösche im Sumpf auf dem Hügel, die sie am Lagerfeuer brieten und aßen. Wenn er Kreisel, Mikado oder Dame mit mir spielte, brauchte ich ihn gar nicht gewinnen zu lassen. Er gewann wirklich. Ansonsten war Amarinho ruhig und hilfsbereit. Er goss die Blumen, kehrte das Laub im Garten, brachte den Müll nach draußen und holte die Post. Wir liebten ihn. Er war auch in der Nachbarschaft beliebt. Wenn er zum Bäcker ging, um Brot und Milch zu kaufen, fragte ihn jeder auf dem Weg, ob alles in Ordnung wäre: „Oi Amarinho, tudo bem?" Dann hielt er den rechten Daumen hoch als positive Antwort. Mehr Zeit brauchte er, wenn er nach seiner Lieblingsmannschaft befragt wurde: „E o Flamengo?" Daumen hoch, natürlich. Dabei strahlte er über das ganze Gesicht und vergaß seinen Auftrag. Dann schickte mich meine Mutter hinterher, um nach ihm zu sehen.

Wir gingen an unserer Gartenmauer und an der des Nachbarn entlang bis zur Kreuzung. Die Sonne brannte uns auf den Kopf. Ich blickte hinüber auf die andere Straßenseite. Durch die hochgezogenen Rolltore der Kneipe, die zugleich ein Lebensmittelladen war, sah ich meinen Vater wie einen Wurm auf einer Holzkiste an der Wand kauern. Er war der einzige Gast. Gewöhnlich diskutierten die Männer hier in ihrer Freizeit über Politik und jeder gab die Neuigkeiten seiner Kinder zum Besten. Frauen waren unerwünscht. Wenn sie etwas für den Haushalt oder für das Essen brauchten, schickten sie ihre Kinder.

Wir überquerten die Straße. Meine Havaianas waren weich von der Hitze der Pflastersteine. Ich führte Amarinho um die Spucke auf dem Bürgersteig herum in die Kneipe. Hinter dem Tresen stand Senhor Ronaldo, ein Schwarzer wie wir, der viel älter als mein Vater war, und schaute uns böse an. Wir standen vor unserem Vater, aber er nahm uns nicht wahr.

Ich schüttelte ihn am Oberarm. „Papa, Mama ruft dich zum Essen!"

Und Amarinho sagte: „Papa, komm!"

Mein Vater schaute hoch. „Ah! Meine lieben Kinder!" Er hatte eine Fahne von abgestandenem

Zuckerrohrschnaps und sprach fast so undeutlich wie Amarinho. Er tat mir leid.

„Kinder! Bringt euren Vater weg von hier!", befahl uns Senhor Ronaldo, der immer noch hinter dem Tresen stand. Meine Augen waren nur auf meinen Vater gerichtet. Warum verkaufen sie ihm Alkohol und schmeißen ihn dann raus wie einen Straßenköter!

„Amarinho, hilf mir Papa aufzurichten!" Wir trugen ihn hinaus, jeder an einer Seite. Amarinho hatte viel Kraft. Deshalb schickte meine Mutter uns immer zusammen, um Vater zu holen. Wir überquerten die Straße. Mein Vater blieb immer wieder stehen und redete wirr mit hängendem Unterkiefer. Dabei sabberte er. Vor dem Gartentor des Nachbarn hielt er erneut an und rief laut nach ihm: „Dorival!"

Oh Gott! Dass bloß nicht mein Freund Dalton aus dem Haus kommt und uns sieht!

„Papa, komm! Das Essen wird kalt!" Ich zog meinen Vater am Arm. Er schwitzte und sein Arm rutschte mir aus der Hand. Vor unserem Tor rief ich: „Mãe!"

Meine Mutter kam nicht. Während mein Vater sich auf Amarinho und die Betonmauer stützte, entriegelte ich das Tor. Dann schleppten wir ihn bis zum Blumenbeet, wo die Onze-horas violett blühten. Er schwankte, entglitt unseren Händen und fiel auf die Blumen. Rechtzeitig stützte ich seinen Kopf.

Da eilte meine Mutter aus dem Haus und sah sich verlegen auf der Straße um: „Wenn der Tripeiro mit seiner Kutsche wieder vorbeikommt, holt Pferdäpfel für meine Blumenbeete."

In diesem Moment kam die Nachbarin von gegenüber aus ihrem Haus.

„Kinder, schaffen wir euren Vater schnell weg vom Tor!"

Wir schleiften ihn hinter die Gartenmauer, und dort in der Sonne schlief er ein.

„Gehen wir, Kinder!", ermahnte uns meine Mutter. „Das Essen wird kalt!"

Am Esstisch im Hintergarten warteten schon meine älteren Schwestern Ana und Olímpia. Dämpfe von Knoblauch und Zwiebeln stiegen mir in die Nase und mein Magen knurrte. Meine Mutter schloss die Augen und wartete. Dann rezitierten wir den ersten Vers des Psalms 23: „Der Herr ist mein Hirte. Mir wird nichts mangeln." Während wir aßen, tauschten wir untereinander weder Blicke noch Worte. Ich dachte an meinen Vater, der im Vorgarten in der prallen Sonne lag.

Da ertönte eine laute Männerstimme vom Gartentor her: „Light! Light!" Pelé, unser Wachhund, bellte. Wir drehten uns zu unserer Mutter. Sie runzelte die Stirn. Ich erinnerte mich an die drei unbezahlten Stromrechnungen auf der Kommode meiner Eltern im Schlafzimmer.

„Sss", flüsterte meine Mutter und legte den Zeigefinger auf den Mund.

„Light! Light!", rief der Mann noch lauter, wie durch ein Megaphon.

Wir blieben wie angewurzelt sitzen.

Der Lärm eines Flugzeugs vom nahegelegenen Luftwaffenstützpunkt, das tief über den Häusern flog, wurde immer lauter. Gewöhnlich winkten Olímpia und ich, wenn ein Flugzeug sich genau über unseren Köpfen befand. An diesem Tag tauschten wir jedoch nur Blicke und blieben weiter unbeweglich. Das Bellen von Pelé und die Stimme des Mannes wurden vom Lärm des Flugzeugs übertönt. Als die Maschine sich entfernt hatte, waren Hund und Mann verstummt. Meine Mutter stand als Erste auf. Ana und Olímpia räumten ab und wir übrigen wollten uns um unseren Vater kümmern. Aber zu meiner Überraschung kam plötzlich der Ableser wieder am Gartentor vorbei.

„Light! Machen Sie bitte sofort das Tor auf!" Seine Stimme klang verärgert. Meine Mutter ließ ihn mit seinem Werkzeugkasten herein und begleitete ihn zum Seitengarten, wo der Zähler in einem Glashäuschen an der Hauswand angebracht war und laut tickte, als er die Tür öffnete. Er holte eine Zange hervor, um die Verbindungskabel zu durchtrennen. Das Surren des Kühlschranks, das wir durch das offene Wohnzimmerfenster hörten, wurde erst lauter, so als würde er noch ein letztes Mal um Hilfe schreien. Er wollte am Leben bleiben. Dann plötzlich verstummte er. Mein Vater lag schnarchend in der Sonne, als der Mann mit seinem Werkzeugkasten durch das Tor hinausging.

„Mama, warum hast du ihn hereingelassen?", fragte ich, während wir meinen Vater durch die Küche ins Haus trugen und ihn im Elternschlafzimmer zwischen Kleiderschrank und Ehebett auf dem Boden liegenließen.

„Das ist sein Job", sagte meine Mutter. „Wahrscheinlich hat er Kinder wie ich, die er ernähren muss."

Amarinho und ich verließen das Zimmer und meine Mutter schloss die Tür hinter uns. Sie musste meinen Vater umkleiden, bevor sie ihn ins Bett brachte. Ich hörte, wie er in den Nachttopf spuckte. Wir gingen ins Kinderzimmer. Durch die offene Tür sah ich meine Mutter ins Bad laufen, wo sie den Nachttopf in die Toilette kippte. Der Gestank, der herauskam, brannte mir in der Nase. Nachdem meine Mutter sich zum Mittagsschlaf mit auf mein Bett gelegt hatte und eingeschlafen war, entwand ich mich sanft ihrer Umarmung und beschloss, draußen nach meinen Puppen zu sehen.

Am Nachmittag schickte meine Mutter mich mit Amarinho zum Laden von Senhor Ronaldo, um Kerzen und Kerosin für unsere Öllampe zu kaufen. Sie leerte ihre Geldbörse in meine Hände. „Bring so viel mit, wie du dafür kriegen kannst."

Bevor es dunkel wurde, kochte sie Wasser auf dem Gasherd auf und vermischte es in einem Eimer mit kaltem. Im Badezimmer bekam ich als Erste meinen Eimer mit einer Gießkanne und folgte ihren Anweisungen: Zuerst machte ich mich nass, dann seifte ich mich ein und goss schließlich das übrige Wasser über meinen Körper. Als Amarinho an der Reihe war und aus dem Badezimmer kam, war seine schwarze Haut ganz mit weißer getrockneter Seife überzogen. Er sah wie ein Zombie aus und wir amüsierten uns köstlich über ihn.

Ich holte mir Wasser aus dem Kühlschrank, der im Wohnzimmer stand, weil die Küche zu klein war. Die Glasbehälter waren lauwarm. Trotzdem trank ich ein Glas Wasser, denn ich hatte Durst. Dann ging ich in die Küche. Meine Mutter kam herein, frisch geduscht und umgezogen.

„Mama, was essen wir?"

„Reis und Bohnen." Wir lachten, denn das aßen wir immer, mittags und abends. Gemüse, Fleisch und Salat bereitete sie frisch zu. Es war Montagabend, und montags gab es meistens frischen Fisch vom Markt.

„Hol den Fisch aus dem Kühlschrank. Er ist in Zeitungspapier gewickelt."

Ich brachte ihn ihr, sie öffnete die Verpackung und verzog das Gesicht. Es waren Sardinen.

„Können wir die noch essen, Mama?"

„Gerade noch!" Sie rieb sie mit einer Limette ab und wusch sie unter fließendem Wasser. Danach tupfte sie die Fische mit einem sauberen Tuch ab. Sie würzte sie mit Salz, Pfeffer und Knoblauch und bestäubte sie mit Maniokmehl. In einer Pfanne mit heißem Kokosfett briet sie die Sardinen knusprig.

Wie ein riesiger Feuerball verschwand die Sonne hinter den tristen Wellblechdächern der Favela auf dem bewaldeten Hügel, während wir am Tisch im Hintergarten aßen. Die Baumgrillen sangen ihre letzten schrillen Töne, die schönes Wetter für den nächsten Tag ankündigten.

Zum Spülen zündete meine Mutter zwei Kerzen an. Wir drei Mädchen standen zusammen daneben. Amarinho blieb allein im dunklen Kinderzimmer, denn er hatte keine Angst vor der Finsternis, ganz im Gegensatz zu Olímpia und mir. Sie suchte sich meist einen Platz direkt neben einer Kerze und wollte nicht alleine bleiben. Ana, die älteste von uns, hörte sogar Stimmen oder Schritte im Garten, die keiner von uns wahrnahm. Sie schickte Amarinho abends oft dorthin, um ihre Havaianas zu suchen. Einmal, mitten in der Nacht, hatte Ana von der Toilette aus so geschrien, dass wir aus dem Bett gesprungen waren und uns alle in unseren Schlafanzügen eng im Flur zusammengedrängt hatten. Sie sagte, sie hätte das Gesicht eines glatzköpfigen Mannes gesehen, der sie durch das kleine Toilettenfenster beobachtet hätte. Mein Vater war mit seiner Pistole in den dunklen Garten gelaufen, um den Eindringling zu suchen. Pelé hatte gebellt, aber mein Vater hatte niemanden gefunden. Meine Mutter hatte uns zurück ins Bett geschickt. Wir Mädchen konnten alle drei nicht mehr schlafen. Olímpia hatte sich im Bett hin und her gewälzt.

„Ana, war der Mann weiß oder schwarz?" hatte ich geflüstert, um Amarinho nicht zu wecken. Er hatte einen leichten Schlaf.

Ohne auf meine Frage zu antworten, hatte sie mich ermahnt: „Du solltest lieber schlafen."

Meine Mutter nahm die beiden Kerzen in die Hand und wir folgten ihr zu Amarinho ins Kinderzimmer. Wir sangen Kinderlieder und sie erzählte uns Märchen. Bei Rotkäppchen spielte sie jede einzelne Rolle. Wenn der böse Wolf sprach, machte sie ihre Stimme tief und dunkel. Dann zitterten wir. Ich machte mich ganz klein, Olímpia vergrub das Gesicht in den Händen und Ana im Bettlaken. Amarinho schaute meine Mutter unbeweglich mit großen Augen an. Fast zum Greifen nahe spürte ich den bösen Wolf hinter dem Mangobaum in unserem dunklen Garten. Ich hatte Angst, aber ich fand es toll.

„Zeit zum Schlafen, Kinder!", rief meine Mutter.

Ich nahm eine Kerze mit und ließ die Toilettentür einen Spalt offen.

Am nächsten Morgen war Olímpias Bett nass, obwohl sie schon sieben war, ein Jahr älter als ich. Als ich in die Küche kam, zündete meine Mutter die Kochstelle mit einem Streichholz an und stellte eine alte Zinkkanne mit Milch darauf. Aber sie war sauer geworden und kochte nicht hoch.

„Machst du ‚Doce de Leite', Mama?", fragte ich und klatschte vor Freude in die Hände. Ich mochte keine Milch, nur als ‚Doce', eine Süßspeise, die meine Mutter zubereitete, um die Milch zu verbrauchen. Amarinho und mein Vater vermischten die Milch gerne mit Kaffee, aber nur zum Frühstück. Ansonsten tranken sie, wie meine Mutter, viel schwarzen Kaffee. Ich trank lieber ‚Laranjada' die meine Mutter auch zum Frühstück machte und den Rest in den Kühlschrank stellte. Sie presste Orangen, die sie mit Wasser und viel Zucker vermischte, diesmal aber ohne gekühltes Wasser. Das ‚Doce' musste lange kochen, deshalb würde ich es erst am Nachmittag auf Brot mit Butter essen. Meine Mutter machte das Frühstück für Amarinho fertig und verließ mit einer Schüssel voller schwarzer Bohnen die Küche, um sie auf dem großen Tisch im Hintergarten auszulesen. Ich saß auf einem Stuhl an dem kleinen Küchentisch und bestrich mein Brot mit Butter, als mein Vater erschien. Er roch nach altem Schweiß und Alkohol. Sein geschwollenes Gesicht war unrasiert. Er sah plötzlich sehr alt aus.

„A bençáo pai!" Ich bat um seinen Segen und er gab ihn mir: „Deus te abençoe!" Er drehte sich wieder zur Tür.

„Gehst du in die Kneipe, Papa?"

„Ja, aber ich bin gleich wieder da." Er nahm nicht den Weg durch die Küchentür hinaus in den Hintergarten, wo meine Mutter am Tisch die Bohnen auslas, sondern benutzte die Tür vom Wohnzimmer in den Vorgarten, die meist abgeschlossen war.

Um die Mittagszeit ging ich mit Amarinho wieder zur Kneipe.

„Papa, komm!", sagte Amarinho, und mein Vater versprach sofort zu kommen. Am Nachmittag gingen wir noch einmal hin. Amarinho zog ihn am Arm. „Papa, komm!"

„Ich komme sofort, meu filho."

Ein paar Stunden später schickte meine Mutter uns ein drittes Mal. Sie stand in der Küche als wir ohne unseren Vater zurückkamen. In ihrem Gesicht las ich Ärger. Sie wischte sich die Hände an ihrer Schürze ab und drängte sich an uns vorbei in den Garten. Ich folgte ihr. Als wir durch das Gartentor auf den Bürgersteig traten, schaute ich auf ihre Füße.

„Mama, soll ich deine Havaianas holen?"

Sie antwortete nicht, ging einfach barfuß weiter bis zur Ecke und blieb in der Sonne stehen. Mein Vater saß zusammengekauert auf einer Holzkiste und schien zu schlafen. Senhor Ronaldo rief von seinem Tresen aus: „Polizei!" So riefen die Männer in der Kneipe, wenn ihre Frauen erschienen, um sie nach Hause zu holen. Mein Vater hob den Kopf und sah zu uns herüber. Meine Mutter stemmte die Hände in die Hüften und deutete mit dem Kopf in Richtung unseres Hauses. Dann drehte sie sich um und ich folgte ihr auf dem Weg zurück. Als mein Vater am späten Abend kam, sagte ich zu ihm: „Senhor Ronaldo hat schon zugemacht, oder?"

Die ganze Woche ging mein Vater nicht mehr in die Kneipe, weil er nicht mehr aufstehen konnte. Zu Hause trank er keinen Alkohol. Das war immer so gewesen, soweit ich mich erinnere. Ich glaube, meine Mutter hatte es ihm verboten. Er hatte viel Durst. Meine Mutter stellte immer wieder ein Gefäß mit Wasser auf seinen Nachttisch. Er schlief, trank Wasser und übergab sich in den Nachttopf. Damit er etwas in den Magen bekam, machte sie ihm ‚Caldinho de Feijão', eine Brühe aus schwarzen Bohnen, und ich brachte ihm drei Mal am Tag ein Glas davon ans Bett.

„Du musst ihn überreden, etwas davon zu trinken."

„Ja, Mama."

Jedes Mal trank er etwas mehr, bis er auf dem Bett sitzend Bohnensuppe mit Reis auslöffeln konnte. Auch über Tag lag er im Bett. Die Fensterläden, die sonst den ganzen Tag geöffnet waren, blieben geschlossen. Er duschte sich nicht, sondern wusch sich nur das Gesicht. Meine Mutter schlief in meinem Bett und ich teilte das Bett mit Olímpia. Mitten in unserem Zimmer schlief Amarinho auf einem Klappbett. Nachts wurde ich wach, wenn meine Mutter aufstand, um mit Gott zu reden. Sie kniete zwischen unseren Betten nieder und betete mit der Stirn auf dem Boden. Sie flüsterte, um uns nicht zu wecken. Ich wäre gerne länger wach geblieben, um im Bett für sie und meinen Vater zu beten, aber dafür war ich zu müde. „Gott schläft nie", sagte unser Pastor in der Kirche.

Eines Morgens ging mein Vater früh ins Bad. Ich hörte das Wasser der Dusche laufen. Als er herauskam, fragte er laut: „Ist die ganze Straße ohne Strom?"

„Nein Papa, nur wir", antwortete ich. Es gab öfter Stromausfälle, manchmal nur auf unserer Straßenseite, manchmal nur in bestimmten Häusern und manchmal im gesamten Stadtviertel. Tagsüber merkten wir nichts davon, aber abends brauchten wir nur in die Häuser unserer Nachbarn zu schauen.

Ich erinnere mich daran, dass die ganze Stadt Rio de Janeiro einmal drei Tage lang im Dunkeln lag. Am ersten Tag hatten wir noch im Hellen zu Abend gegessen – am großen Tisch im Hintergarten. Danach hatten wir mit unserer Mutter bei weißem Kerzenlicht im Kinderzimmer Frühlingslieder von einem batterie-betriebenen Kassettenrekorder gehört, den mein Vater bei einer Verlosung gewonnen hatte. Derweil hatte er allein im dunklen Wohnzimmer am Fenster geraucht. Meine Angst vor der Finsternis war verschwunden, denn unsere Familie war in Sicherheit. Pelé hatte den Hühnerstall im Garten bewacht und meine Mutter hatte wegen der Diebe über Nacht keine Wäsche auf der Leine gelassen.

Durch die hintere Tür betraten meine Mutter und ich die Kirche. Alle anderen Türen und Fenster waren verschlossen. Die Nachbarn sollten am frühen Morgen nicht gestört werden. Ungefähr zwanzig Frauen waren zum Gebet versammelt. Diakon Dirceu, wie immer in Anzug und Krawatte, leitete zusammen mit zwei Frauen die Betstunde. Außer mir war noch ein Junge in meinem Alter dabei. Er wurde von einer alten Frau begleitet. Ich hatte in den Sommerferien mit mehr Kindern gerechnet. Wir alle saßen im Chor, gegenüber von Diakon Dirceu und den beiden Frauen. Nur der Junge und die alte Frau saßen seitlich. Diakon Dirceu holte ein Stofftuch aus der Hosentasche, bedeckte den roten Betonboden vor seinen Füßen und kniete sich darauf. Er forderte uns auf, eine Stunde lang auf Knien vor dem Stuhl zu beten. Er betete laut, zuerst für die

Regierung und dann für unsere Kirchengemeinde, aber auch für die noch Ungläubigen. Er betete für die, die im Gefängnis saßen, für die, die krank im Bett lagen und anschließend für sich und seine Familie. Er nannte jedes Familienmitglied mit Namen. Wir begleiteten sein Flehen mit Ausrufen wie „Amen!", „Ja, Jesus!", „Gloria!" und „Halleluja!" Danach beteten die beiden Frauen nacheinander. Schließlich beteten wir alle laut gemeinsam. Von dem harten Boden und dem Straßenstaub, der sich in meine Haut bohrte, taten mir die Knie weh. Ich massierte sie. Ich war zu müde, um weiter zu beten. Also spielte ich mit meiner Zunge, riss einen Splitter von der morschen Sitzfläche meines Stuhls ab und zeichnete damit ein Karussell in die Luft. Zwischendurch schaute ich nach oben auf die Bahnhofsuhr an der Wand. Ansonsten waren die Wände kahl und schmucklos. Leise fragte ich meine Mutter, ob ich mich hinsetzen dürfte. Nein, das durfte ich nicht. Die Luft war verbraucht, es roch nach Schweiß. Der Standventilator war ausgeschaltet. Neben mir versteckte eine Frau ihr Gesicht unter einem Stofftuch. Sie weinte, während sie für ihren Sohn betete, der an Lungenentzündung litt. Sie holte ein gefaltetes Papier aus ihrer Handtasche, hob es gen Himmel und flehte Gott um Geld für Medikamente an. Sie tat mir leid.

Hinter mir betete eine andere Frau für ihre Tochter: „Lieber Gott! Meine Tochter, sie ist schon verheiratet. Sie will Kinder haben, aber sie verliert jedes. Du hast selbst die Familie als Institution gegründet. Du bist auch ein Vater, und du weißt, wie sehr mein Schwiegersohn Vater werden will. Hilf ihr ein Kind auf die Welt zu bringen, wie du Maria geholfen hast. Ich bin selbst Mutter, ich weiß, lieber Gott, wie schön es ist, ein Kind im Leib zu tragen."

Ich schaute zu meiner Mutter neben mir, die vier Kinder hatte. Ich schloss die Augen, ließ den Kopf hängen und dankte Gott, dass ich auf der Welt war. Meine Mutter betete für meinen Vater, dass er wie wir ein Diener Jesu werden möge. Ich versuchte mir meinen Vater in Anzug und Krawatte in unserer Betstunde vorzustellen, neben dem schwarzen Diakon Dirceu. Es gelang mir nicht. Im Kleiderschrank hing ein hässlicher Anzug, den er wahrscheinlich bei seiner Hochzeit getragen hatte.

Die Betstunde auf Knien war beendet. „Glória Jesus!" Wir sangen noch ein Lied aus dem Gesangbuch über Dankbarkeit für alles, was Jesus uns gegeben hatte, bevor alle aufstehen und wieder Platz nehmen durften.

Diakon Dirceu blieb stehen und las eine Stelle aus dem Markusevangelium vor. Sie handelte von einem Knaben, der von Dämonen besessen war. Keiner der Jünger konnte sie austreiben, nur Jesus selbst. Diakon Dirceu schloss die Bibel und kündigte an: „Nun werden wir in Jesu Namen die Dämonen austreiben."

Ich blickte mich um und fragte mich: von wem wohl? Da stand die alte Frau auf und zog den Jungen an der Hand zum Diakon und den beiden Frauen. Dort blieben sie stehen. Der Junge verdrehte die Augen, hatte Schaum vor dem Mund, knirschte mit den Zähnen und erstarrte, wie in der Geschichte aus der Bibel, die der Diakon vorgelesen hatte.

Der Diakon zitierte weiter aus der Bibel: „Diese Art kann mit nichts ausfahren denn durch Beten und Fasten." Dann schaute er über die Gemeinde und sagte: „Wer von euch gefastet hat, trete vor."

Meine Mutter verließ sofort ihren Platz und näherte sich der alten Frau. Einige andere Frauen taten es ihr gleich. Die Gemeinde stand auf und rief mit ausgestreckten Armen in Richtung des Jungen: „Satan, hinweg von ihm in Jesu Namen!"

Ich bekam Angst, denn wenn Satan einen Körper verließ, suchte er einen anderen auf, so stand es in der Bibel. Ich zitterte am ganzen Leib.

„Satan, hinweg in Jesu Namen!", flehte ich. Mein Herz raste und Schauer liefen mir über den Rücken. Meine Beine wurden weich, ich hatte das Gefühl zu fallen. Panik überkam mich. Ich sammelte all meine Kräfte und rief: „Jesus, bedecke mich mit deinem heiligen Mantel!"

Der Junge schrie wie ein wildes Tier. Plötzlich fiel er zu Boden und wurde still. Diakon Dirceu nahm ihn bei der Hand, richtete ihn auf und sagte: „Glória a

Deus"! Der Junge sah sich um, als wüsste er nicht, was geschehen war. Ich spürte eine wohlige Wärme in ganzem Körper.

Nach der Betstunde, auf dem Kirchhof, gab es belegte Brötchen und Kaffee für diejenigen, die gefastet hatten. Ich blieb dicht bei meiner Mutter, während sie und die alte Frau miteinander redeten. Der Junge schaute mich mit geröteten Augen an.

Mein Vater schlürfte schon die ganze Woche halbrohe Eier aus einem Glas, die meine Mutter für ihn mit einer Prise Salz zubereitete – jeden Morgen drei Stück, um Kraft zu bekommen. Er duschte und rasierte sich wieder, hatte aber morgens tiefe Ringe unter den Augen. Tagsüber ließ er das Fenster weit offenstehen, so dass der unangenehme Geruch aus dem Schlafzimmer verschwand. Meine Mutter putzte das Zimmer wieder regelmäßig, während er im Bad war.

Er ging wieder jeden Morgen zu der Bank, wo er als Bote arbeitete. Am späten Nachmittag stand ich im Vorgarten, als ich den Torriegel hörte. Mein Vater öffnete das Tor.

„A benção, pai!", sagte ich zu ihm und küsste seine rechte Hand mit einem leichten Knicks.

Er gab mir Gottes Segen. „Deus te abençoe, minha filhinha!"

Ich hielt seine Hand und wir gingen gemeinsam durch

den seitlichen Garten Richtung Küche. Er sah müde aus. Während er sich die Hände im Waschtrog hinter dem Haus wusch, wedelte Pelé fröhlich mit dem Schwanz, als ob er wüsste, woher mein Vater kam. Er gab erst Ruhe, als sein Herrchen die Küche betrat. Ich saß auf der hohen Stufe im Türrahmen, als meine Mutter aus dem Schlafzimmer kam. Sie hielt drei Stromrechnungen in der Hand. Beide blieben stumm. Mit hängenden Schultern stieg er über meine Beine zum Hintergarten. Dort blieb er stehen, kratzte sich am Kopf und ging zum seitlichen Garten. Ich folgte ihm, denn ich dachte, er würde zu Senhor Ronaldo gehen, um zu trinken. Ich wollte ihn anflehen, zu Hause zu bleiben. Stattdessen aber ging er zu der Gartenmauer unseres Nachbarn, Senhor Dorival, und rief über die Mauer hinweg nach ihm. Seine Baritonstimme schien beschlagen.

Wenn Senhor Dorival sprach, klang es wie Donner. Ich konnte seine Stimme im Haus hören, selbst wenn Fenster und Türen geschlossen waren, vor allem, wenn er Bier getrunken hatte, denn dann war seine Stimme noch lauter und mächtiger und konnte jedem Angst einjagen. Senhor Dorival war ein großer hellhäutiger Mann mit blauen Augen. Er war ein Arbeitskollege meines Vaters und auch sein Haus gehörte der Bank, wie eigentlich alle Häuser in unserer Siedlung. Senhor Dorival streckte den Kopf über die Mauer. Mein Vater war klein, deshalb hätte er etwas weiter von der Mauer entfernt stehen müssen, damit Senhor Dorival ihn sehen konnte. Stattdessen aber lehnte er sich an die Mauer.

„Dorival, wir haben keinen Strom", sagte er mit gesenktem Kopf, „kann ich eure Leitung anzapfen, bis ich die Rechnungen bezahlt habe?"

„Was, schon wieder, Amaro?" Die Stimme von Senhor Dorival donnerte in meinen Ohren. Ich fragte mich, ob er auch mit seinem Sohn Dalton so sprach. Mein Vater schaute nur nach unten, bis der Nachbar schließlich seufzte: „In Ordnung."

Eilig holten wir das lange Kabel, das im Schuppen eingerollt lag. Mein Vater hatte es einmal zugeschnitten, um beide Zähler miteinander zu verbinden. Dafür musste er zum Nachbarn gehen. Ich blieb derweil auf unserer Seite und rief Amarinho, damit er unserem Vater half. Ich ging nie hinüber, denn der Nachbar hatte drei große Schäferhunde, die er immer freilaufen ließ. Sie waren an Amarinho gewöhnt. Da er ein Junge war, durfte er bei den Nachbarn und auf der Straße spielen.

Ein paar Tage später kam mein Vater am Feierabend pfeifend durch den Garten. Ich sang das Frühlingslied aus dem Kassettenrekorder mit, während wir in die Küche gingen. Dort zeigte er meiner Mutter die bezahlten Rechnungen.

„Ich habe das Geld von einem Kollegen geliehen."

Er trat wieder hinaus und rief mit erhobenem Kopf über die Mauer hinweg nach Senhor Dorival. Er bedankte sich bei ihm und klemmte die Anzapfkabel von beiden Zählern ab.

„Papa, du darfst keine Spuren hinterlassen", sagte ich zu ihm, als er seine Arbeit an unserem Zähler überprüfte, und er lachte seit langem wieder.

Am folgenden Morgen sagte meine Mutter zu uns: „Kinder, hört mal zu. Heute kommt der Mann von der Stromgesellschaft. Passt auf und lasst ihn sofort herein!"

KAPITEL 2

Es war am Vormittag, als ich aus dem Garten das laute Geräusch der Gasflaschen auf dem Transportwagen hörte. Die schweren stählernen Flaschen schlugen aneinander, während der Wagen über das Kopfsteinpflaster rollte. Sie waren auf einer offenen Ladefläche gestapelt, die mit Holzbrettern eingefasst war. Alle vierzehn Tage fuhr einer der beiden Lieferanten abwechselnd an unserem Haus vorbei. Bei ‚Gasbras‘ meinte meine Mutter immer, die Flasche wäre schon halb leer. Deswegen kaufte sie lieber bei ‚Ultragas‘, wo Diakon Péricles, der Schatzmeister unserer Kirchengemeinde, als Fahrer arbeitete.

Diakon Péricles war ein lebhafter weißer Mann. Wenn er in der Kirche auf der Kanzel stand und bezeugte, wie Christus sein Leben verändert hatte, sprach er zunächst langsam, vom Mikrofon abgewandt, denn er brauchte eigentlich keines. Dann erhob er seine Tenorstimme, die das Amen und das Halleluja der gesamten Gemeinde übertönte. Dabei rötete sich sein Gesicht. Schweißperlen bildeten sich auf seiner Stirn und ließen eine Strähne seines glatten Haares feucht werden. Er machte eine Pause, drehte sich zum Pastor um und sagte: „Ich bitte um Ihre Erlaubnis, mit meiner Frau ein Loblied auf den Herrn anzustimmen." Und während sie mit ihrem langen schwarzen Zopf zu ihm nach vorne marschierte, holte er ein Stofftuch aus der Hosentasche seines Anzugs, trocknete sich das Gesicht, schob das Haar zurück und richtete die Krawatte. Seine Frau stellte sich neben ihn und sie sangen zweistimmig ein Lied mit mehreren Strophen. Nur sie stand vor dem Mikrofon.

Diakon Péricles hielt den Lieferwagen vor unserem Haus an, drehte den Kopf zu mir und rief durchs offene Fenster: „Wollt ihr Gas?"

Gewöhnlich kauften wir einmal im Monat eine Flasche. Dafür lag dann das Geld auf der Kommode im Elternschlafzimmer bereit und meine Mutter holte am Morgen die leere Gasflasche aus dem Schuppen. An diesem Morgen, als ich nach dem Geld gesucht hatte, war die Stelle auf der Kommode leer gewesen. Ich war in den Garten gegangen und hatte die Ersatzflasche im Schuppen gefunden. Meine Mutter hatte reglos danebengestanden.

„Nein, heute nicht", antwortete ich dem Diakon schüchtern. Da erschien Dalton, der Nachbarsjunge, mit ausgestreckten Armen am Gartentor.

„Aber wir wollen Gas!", rief er, und Diakon Péricles fuhr ein Stück weiter zum Haus von Senhor Dorival. Dort stieg er aus, holte eine Flasche herunter, legte sie sich über die Schulter und folgte Dalton in den Garten. Gleich darauf kam er mit der leeren Flasche vor seinem Fuß wieder heraus, die er bis zum Wagen rollte.

„Richte deiner Mutter Gottes Frieden von mir aus, Mädchen!", rief er mir zum Abschied zu.

„Gottes Frieden von Diakon Péricles, Mama!" Ich sah zu, wie sie in der Küche die Zwiebeln kleinhackte und zu dem angedünsteten Knoblauch in den großen Topf auf dem Gasherd gab. Ich liebte diesen Duft von Knoblauch, Zwiebeln und Meersalz in Kokosfett gedünstet!

„Dreh die Kochstelle zurück!", befahl meine Mutter. Sie wusch den Reis in einem Sieb.

„Mama, die Flamme ist ausgegangen!"

Sie nahm ein Streichholz und zündete sie erneut an, aber die schwache Flamme erlosch sofort wieder. Sie schaute zu der Gasflache, die dicht am Herd stand und mit einem Schlauch aus Kunststoff angeschlossen war. Die Flasche war mit einem Röckchen aus rot-weiß kariertem Stoff überzogen, das zu den Tüchern und der Tischdecke in der Küche passte, alles von meiner Mutter selbst genäht. Jede Woche wechselte sie die Farbe der Garnitur, je nach Lust und Laune. Wie eine kleine dicke Frau sah die Flasche aus, die unseren Herd bewachte und deren Gas nun langsam ausging. Meine Mutter drehte den Gashahn zu. Sie hob die Flasche leicht an und schüttelte sie, um einzuschätzen, wie lange sie noch damit auskäme. Falten bildeten sich auf ihrer Stirn.

„Dalton", berichtete ich, während ich sanft ihren Arm berührte, „hat heute eine Flasche gekauft."

Sie verließ eilig die Küche und ging in den Garten hinaus. Leise folgte ich ihr. Wir gingen zur Gartenmauer und sie blieb genau an der Stelle stehen, wo mein Vater gestanden hatte, als er den Mann von Dona Cláudia, Senhor Dorival, nach Strom gefragt hatte.

„Cláudia, Cláudia!", rief meine Mutter und wartete, bis diese den Kopf über die Mauer streckte. Mit leiser Stimme bat sie um eine Gasflasche.

Unsere Nachbarin klang traurig, als sie antwortete, sie habe auch keine Flasche übrig. Meine Mutter schwieg.

Dona Cláudia, Daltons Mutter, hatte blonde lockige Haare. Sie trug meist rosa Lippenstift, wenn sie sich mit meiner Mutter über die Mauer hinweg unterhielt. Sie kam nie zu uns ins Haus und auch meine Mutter besuchte sie nie. Es war immer meine Mutter, die Dona Cláudia nach Geld oder Gas fragte. Nur ein einziges Mal hatte Dona Cláudia uns um eine Gasflasche gebeten. Aber wir hatten keine Reserveflasche für sie gehabt. Da hatte meine Mutter ihr angeboten, bei uns zu kochen, was sie gerne annahm. Sie hatte meiner Mutter das vorbereitete Essen in

Kochtöpfen über die Mauer angereicht und es vorsichtig wieder zurückgenommen, nachdem es gekocht war. Bei jedem Topf, den wir rüberreichten, hoffte ich, Dalton würde drüben im Garten auftauchen und sehen, wie wir seiner Familie halfen. Aber als ich nach ihm fragte, sagte Dona Cláudia: „Er macht gerade Hausaufgaben."

Ich spielte mit meinen Mangopuppen auf dem schmalen Betonstreifen, der am Haus entlangführte, und Amarinho spielte mit Murmeln auf dem sandigen Boden im Garten, ein Spiel, das nur Jungen spielten.

Aus der Küche kam meine Mutter zu uns. „Sammelt ein paar Äste aus dem Garten!", befahl sie.

Wir fanden welche unter den Obstbäumen. Sie holte Holz von alten Kisten, die mein Vater im Schuppen sammelte. Aus Ziegelsteinen baute sie in der Nähe des Mangobaums eine Feuerstelle für zwei Töpfe und legte die Äste und Holzscheite, die wir ihr anreichten, zwischen die Ziegel. Mit Spiritus und Streichhölzern entzündete sie das Feuer und stellte den Reistopf und einen anderen mit Gemüse und Fleisch nebeneinander darauf. Die schwarzen Bohnen, von denen sie mehrmals in der Woche eine große Portion kochte, brauchte sie nur aufzuwärmen. Diese mussten wir zweimal täglich essen, wegen des Eisens, hieß es.

Mit einem Stock ritzte ich Hüpfkästchen in die Erde und Amarinho und ich sprangen darin herum. Plötzlich hielt er mich fest, tippte auf meinen Arm und begann unverständlich zu reden.

„Was ist los?", fragte ich.

Er ließ mich los und gestikulierte, während er ununterbrochen weiterredete und mich dabei anschaute.

„Spielen wir jetzt Verstecken, Amarinho?"

Er lief hinter das Haus und ich kletterte auf den Jasminbaum im Vorgarten und rief: „Such mich!"

„Kind, ist deine Mama da?", rief eine schwache Stimme vom Gartentor aus. Dort stand eine schwarze Frau mit grauem Haar. Sie war die älteste Schwester unserer Kirchengemeinde und wohnte nur ein paar Straßen von uns entfernt. Ich ahnte schon, was sie wollte. Ich sprang vom Jasminbaum herunter und lief ums Haus herum.

„Mama, die Grabfrau steht vor dem Tor."

Meine Mutter rieb gerade die Bettwäsche am Waschbrett. Sie schwitzte. Amarinho hatte sich neben den Waschtrog geduckt.

„Gefunden!", rief ich und schlug ihm auf die Schulter.

Er richtete sich auf, drehte sich zur Wand, versteckte das Gesicht in den Händen und begann zu zählen: „Um, dois, três ..."

„Wie oft habe ich dir schon gesagt, du sollst sie nicht ‚Grabfrau' nennen!", mahnte meine Mutter.

„Ich habe ihren Namen vergessen."

„Quatro, cinco ...", zählte Amarinho weiter.

„Amarinho, komm mit!", sagte ich und zog ihn an der Hand. „Mal sehen, ob ich recht habe", flüsterte ich in sein Ohr.

Wir gingen alle drei in den Vorgarten.

„Gottes Frieden, Schwester", rief meine Mutter, während sie die Hände an ihrer Schürze trocknete. Die Grabfrau legte die Hände an die Mundwinkel, als wollte sie ein Geheimnis verkünden.

„Ist jemand aus unserer Gemeinde in die andere Welt gegangen?"

„Nein, Schwester", antwortete meine Mutter. „Keiner ist gestorben."

Bei dem Wort zuckte Amarinho zusammen und schaute mich ängstlich an. Die Grabfrau entfernte sich wieder in Richtung ihres Hauses. Wie kann ein Mensch nur freiwillig und gerne zu Beerdigungen gehen, fragte ich mich.

Es war heiß und von der Feuerstelle stieg Dampf auf. Meine Mutter hängte die bunte Bettwäsche auf die Leine und breitete die weiße auf der Wiese zum Bleichen aus. Zwischendurch ging sie in die Küche und kam mit einem großen Holzlöffel zurück, um das Essen umzurühren. Während es noch garte, nahm sie die

Wäsche von der Leine und faltete sie, um sie bei Sonnenuntergang zu bügeln.

Eine dicke Mango fiel neben den Bohnentopf. Ich hielt die Frucht in beiden Händen und fragte, ob sie auch aufs Feuer käme. Meine Mutter legte manchmal Bananen mit Schale auf die Kohlen, wenn das Feuer schon erloschen war, und wir aßen sie mit Zimt und Zucker.

„Bloß nicht!", antwortete sie schweißgebadet und verschwand in der Küche.

Sie standen vor dem Gartentor auf dem Bürgersteig. Diesmal waren es drei Mädchen.

„Habt ihr trockenes Brot?" Die älteste, die fragte, hatte schon Brüste und sprach mit rauchiger Stimme. Ansonsten ähnelten sie einander, ungekämmt mit hochstehenden krausen Haaren. Haut und Haare hatten den Farbton von Ziegelsteinen. Mindestens einmal in der Woche kamen diese Kinder aus der Favela vorbei, manchmal zu siebt, wenn die Jungen dabei waren, und bettelten um altes Brot. Meine Mutter bewahrte die Stücke von ‚Bisnaga', Baguettebrot, in einem selbst gestrickten Brotbeutel auf, der in einer Ecke zwischen Küchenschrank und Spülbecken an der gekachelten Wand hing. Aus diesem alten Brot machte sie Paniermehl oder verwendete es für ‚Almôndegas', Hackbällchen. Zum Geburtstag meines Vaters bereitete sie im Ofen einen karamellisierten Brotpudding im Wasserbad zu, seine Lieblingssüßspeise.

Die Mädchen, deren Gesichter in der Sonne glänzten, redeten laut durcheinander. Ich lief zu meiner Mutter in die Küche: „Mama, die Mädchen vom trockenen Brot!" So nannte ich sie.

„Ich habe sie von hier aus gehört." Meine Mutter tastete nach dem Brotbeutel. „Sag ihnen, wir haben heute keins."

Ich rannte hinaus zum Vorgarten, blieb neben dem Rosenbeet stehen und rief den Mädchen zu: „Heute nicht!"

Sie gingen nicht fort, sondern blieben wie Tiere im Käfig dort stehen, Gesichter und Finger zwischen die Latten des Gartentors geklemmt, und schauten mich mit weit aufgerissenen Augen an. Hinter mir erschien meine Mutter.

Da sagte die älteste: „Senhora, geben Sie mir eine Rose für meine Mama!"

Ihre heisere Stimme klang sanft, anders als gewöhnlich, wenn sie trocknes Brot von uns erwartete. Meine Mutter schnitt nicht gerne ihre Rosen ab. Sie züchtete sie, um den Garten zu zieren und, wenn sie mit der Hausarbeit fertig war, die Beete vom Schlafzimmerfenster aus in Ruhe zu betrachten. Dabei durften wir sie nicht stören. Sie suchte eine rote mittelgroße mit kleinen Dornen aus.

„Willst du ihr wirklich eine Rose geben, Mama?"

Sie nickte und streckte mir die abgepflückte Rose entgegen. Ich kreuzte die Arme hinter dem Rücken und plusterte die Backen auf.

„Gib ihr die Rose!"

„Wieso? Wir haben selber nie eine Rose in der Vase. Wir dürfen sie nicht abschneiden, nur pflegen."

„Gib ihr die Rose für ihre Mutter."

Ich nahm die Rose behutsam aus ihrer Hand, hielt sie vor die Brust und ging langsam zum Gartentor. Ein Gestank von altem getrocknetem Urin schlug mir entgegen. Die drei Mädchen hatten ihre Finger durch die Latten gesteckt. Ich blieb drei Schritte vor ihnen stehen, streckte den rechten Arm aus und gab der ältesten die rote Rose. Dabei achtete ich darauf, ihre schmutzigen Finger nicht zu berühren. Vorsichtig zog sie die Rose durch die Latten und hielt sie sich unter die Nase. Ich schaute sie an, während sie den Duft prüfte. Sie trug ein weißes Baumwollkleid mit Trägern, ungebügelt zwar, aber dennoch sauber und ähnliche Ballerinas wie meine, schwarz lackiert mit flacher Sohle und Fesselriemchen, ganz neu. Meine dagegen waren abgetragen. Die beiden anderen Mädchen waren barfuß.

„Obrigada!", riefen sie und verschwanden.

Das Feuer brannte nicht mehr, als mein Vater pfeifend mit seinem Henkelmann unter dem Arm im Seitengarten auftauchte. Als sein Blick auf die

Feuerstelle fiel, verstummte die Musik auf seinen Lippen schlagartig.

„Papa, wir haben kein Gas!" Ich wollte ihm die Neuigkeit aus erster Hand erzählen.

Amarinho deutete mit dem Zeigefinger auf die Feuerstelle. Aus der Küche kam meine Mutter zu uns. Sie blickte meinen Vater wortlos an.

Er kratzte sich am Kopf und sagte leise: „Ich weiß Bescheid."

Nach dem Abendessen rauchte er schweigend eine Zigarette nach der anderen am offenen Wohnzimmerfenster, während er in die Dunkelheit des Gartens starrte. Eine monotone Stimme aus dem kleinen Radio auf der Fensterbank las die Nachrichten. Ich saß am Wohnzimmertisch und schaute ihn eine Weile still an. Dann fiel mir etwas ein.

„Papa, Dalton hat mir erzählt, dass seine Familie abends kein Radio mehr hört. Sie sehen jetzt fern. Gibt es abends Kindersendungen?"

Er drehte den Kopf halb zu mir und dann zurück in den dunklen Garten, in Richtung des Nachbarhauses. Aus dem Abiubaum im Garten, der gelbe süße Früchte trug, flogen Fledermäuse an seinem Kopf vorbei ins Wohnzimmer. Ich schrie und duckte mich unter den Tisch. Aber er beachtete weder mich noch die Fledermäuse.

In dieser Nacht weckte mich meine Mutter: „Steh auf! Wir gehen in die Kirche."

Es war die Nacht von Freitag auf Samstag, wo die Gläubigen sich dort zur Nachtwache versammelten. Die Kirche war voll wie bei einem Gottesdienst. Die Männer trugen Anzug und Krawatte und die Frauen langärmelige Kleider. Zuerst sangen wir aus dem Liederbuch und knieten uns dann hin zum Beten. Ich bekam noch mit, wie meine Mutter flehte: „Herr Jesus, vergib meine Sünden in Gedanken, Worten und Taten. Ich danke dir für all den Segen, der mir zuteil wurde. Ich verdiene nicht deine unendliche Barmherzigkeit ..." Dann schlief ich ein.

„Wach auf!" Ich spürte die Hand meiner Mutter an meinem Arm und wischte mir mit dem Handrücken den Speichel vom Mund.

„Hast du Hunger?", fragte sie. Als ich mich umsah, waren alle aufgestanden.

„Dreißig Minuten Pause!", kündigte der Pastor an.

Auf dem Kirchhof aßen wir Milchbrötchen mit Käse und Mortadella. Meine Mutter trank starken Kaffee und ich Cajusaft.

Am Morgen, kurz vor Ende der Betstunde, fragte der Pastor: „Wem von euch hat der Herr etwas offenbart?"

Wir alle schauten uns an. Diakon Dirceu hob die Hand und, nachdem der Pastor ihm zugenickt hatte, stand er auf.

„Ich bin nur ein Botschafter des Herrn." sprach er demütig. "Der Herr hat mir eine Gestalt ganz in weiß gezeigt. Sie hatte ein ausgebreitetes Pergament in den Händen und las vor." Der Diakon machte eine Pause und redete in „fremden Zungen." Schweigend wartete die Gemeinde. Einige schlossen die Augen und schienen in sich versunken zu sein, während andere, wie meine Mutter, gespannt auf den Diakon schauten. Wieder andere betrachteten ihn neidvoll, denn er war von Gott durch die Gabe der Vision auserwählt.

„Was du dir hier erbeten hast, das hast du bereits bekommen", verkündete der Botschafter des Herrn und setzte sich.

„Halleluja! Halleluja! Halleluja!", rief die Gemeinde.

„Gott sei gelobt!", rief meine Mutter.

Als wir die Kirche verließen, strahlte ihr Gesicht wie die Sonne, die am blauen Himmel stand. Sie beschleunigte ihren Schritt und zog mich mit sich, als hätte sie eine ganze Nacht durchgeschlafen.

Zuhause legte ich mich direkt ins Bett und schlief bis zum Mittag. Als ich mit steifen und schmerzenden Knien aufwachte, roch es nach Holzfeuer.

Vor der Kochstelle sang meine Mutter ein Kirchenlied: „Gott wird immer für dich sorgen", während sie mit einem großen Holzlöffel in einem Topf rührte. Sie bereitete das Mittagessen zu.

„Kinder!" Es war die Stimme meiner Großmutter, die vom Gartentor aus rief. Meine Mutter verstummte.

Wie immer kam ihre Mutter unangemeldet mit ihrer dicken Wäschetasche und verbrachte einen ganzen Tag bei uns. Ich lief zu ihr und bat um ihren Segen. Sie stellte die Tasche ab, entnahm ihr ein rosafarbenes Päckchen und schüttelte es vor meinem Gesicht wie ein Glöckchen. Ich hörte das Rascheln des Pulvers und lachte. Sie legte es in meine Hand. Ich betrachtete das Päckchen, auf dem ein fröhliches Erdbeergesicht abgebildet war und das Wort Ki-Suco, eine Limonadenmischung, geschrieben stand.

„Obrigada, vó!" Ich bückte mich vor ihr, um mich zu bedanken und wollte die Tasche anheben. Sie war schwerer als ich dachte. Meine Mutter eilte zu uns und trug die Tasche zum Waschtrog. Der Blick meiner Großmutter fand die Feuerstelle.

„Mama bereitet gerade einen Kürbis aus unserem Garten zu. Er war riesig ..." Ich streckte die Arme vor mir aus und formte einen Kreis, während wir uns der Feuerstelle näherten. „Mama will davon noch Kompott mit Kokosraspeln machen."

Meine Großmutter beugte sich vor und schaute neugierig in den Topf.

„So wie du das Kürbiskompott fürs Familientreffen machst", fügte ich hinzu.

„Ja, mein Liebling, und wenn das Kompott auf
dem Holzfeuer mit Zimt und Nelken schmort, kann es
nur noch besser schmecken." Sie verdrehte ihr gutes
Auge. Das andere war aus Glas.

„Geh mit Oma in die Küche!", rief meine Mutter.

An der Tür zog meine Großmutter ihre alten
Schuhe aus, die vom Staub des Lehmbodens braun
waren, und trat in die Küche. Meine Mutter eilte hinzu
und bot ihr einen Stuhl am Tisch und ein Glas Wasser
an. Ich nahm auf ihrem Schoß Platz und hängte mich
an ihren Hals. Sie lächelte mich an. Die vier fehlenden
oberen Zähne waren ein Teil von ihrem runden
Gesicht. Ich hätte die ganze Zeit so auf ihrem Schoß
sitzen bleiben können. Sie würde mich niemals in den
Garten zum Spielen schicken, selbst wenn ihr die Beine
weh täten. Ich verbarg mein Gesicht an ihrer Schulter.
Frauen in ihrem Alter rochen oft nach „Leite de Rosas",
einer rosafarbenen Milchlotion, die mehr nach Alkohol
als nach Gartenrosen duftete. Großmutter roch nach
ihrer Kleidung, gewaschen mit Waschseife und Wasser
aus dem Brunnen, das man mit einem Eimer schöpfte,
der an einem Bambusstab befestigt war. Das
Brunnenwasser bei ihr war etwas bräunlich vom Lehm,
also nicht trinkbar. Sie trank ihr Wasser langsam aus
und seufzte. Danach zog sie ein gelbliches
verknautschtes Taschentuch aus dem Ausschnitt ihres

Kleides hervor und trocknete sich das Gesicht und ihr gutes Auge. Ich nahm eine Hand von ihrem Nacken und strich ihr über den Kopf. Meine Finger klebten und rochen nach Rizinusöl, das ich kannte, weil meine Mutter es uns zweimal im Jahr zum Einnehmen gab, um den Darm zu reinigen. An kühlen Wintertagen rieb sie unsere Beine und Arme damit ein, wenn die Haut matt und trocken wurde. Meine Großmutter benutzte das Rizinusöl bestimmt gegen Haarausfall und um ihre spärlichen Haare in zwei Zöpfe zusammenbinden zu können. Obwohl sie kaum graue Haare hatte, sah sie müde aus. Meine Mutter ging zum Waschtrog und drehte den Wasserhahn auf.

„Hol mir die große Aluminiumschüssel", rief sie.

Ich sprang von Großmutters Schoß und lief durch die Küchentür hinaus. Das Aluminium war von der Sonne heiß geworden. Beinahe wäre mir die große Schüssel aus den Händen gerutscht. Meine Mutter sortierte die Wäsche aus Großmutters Tasche: Die bunte legte sie in den Waschtrog und die weiße ließ sie in der Aluminiumschüssel mit Chlorwasser zum Bleichen. Sie begann, die Buntwäsche mit Kokosseife abzureiben.

Beide Frauen unterhielten sich lange. Meine Großmutter saß auf der hohen Stufe der Küchentür mit den Beinen zum Garten, wie auf einer Bank. Ich wollte lauschen, aber jedes Mal, wenn ich mich ihnen näherte, verstummten sie, was mich noch neugieriger machte.

Obwohl ich nur Bruchstücke des Gesprächs mitbekam, wusste ich, dass es um meinen Vater ging, denn meine Großmutter sagte: „Er verdient genug, um eine Gasflasche im Monat zu kaufen."

Später, als ich ohne Appetit eine Banane in der Küche aß, hörte ich meine Mutter aus der Bibel zitieren: „Alle Dinge dienen zum Besten denen, die Gott lieben." Dann summte sie das Kirchenlied, das sie bei Großmutters Ankunft gesungen hatte: „Gott wird immer für dich sorgen."

Kurz danach holte ich mir Wasser aus dem Tonfilter in der Küche anstatt aus dem Kühlschrank im Wohnzimmer und hörte meine Mutter sagen: „Gott gibt uns nicht mehr als wir vertragen können."

Und als ich zwischen meiner Großmutter und dem Türrahmen vorbeiging, sagte sie: „Dann warten wir in Gott."

Mein Vater tat mir leid. Er war ein guter Mensch. Es war Satan, der ihn mit Alkohol und Rauchen verführte, um sein Leben und unsere Familie zu zerstören.

„Was willst du einmal werden, Amarinho?", fragte meine Großmutter. Wir saßen im Schatten des Avocadobaums, sie auf einem Hocker und Amarinho und ich vor ihren Füßen auf den dicken Wurzeln des Baumes.

„Schreiben und lesen. Ich will arbeiten", antwortete er deutlich und strahlte über das ganze Gesicht.

„Aber was willst du denn werden?", hakte sie nach.

Amarinho wurde ernst. Seine Augen suchten nach einem Beruf im Garten, fanden aber keinen. Er schaute mich an.

„Ich will ..." Er rieb Daumen und Zeigefinger aneinander.

„Ah! Du willst Geld verdienen!", sagte ich, und er strahlte wieder.

„Geld, wofür?", fragte Großmutter.

„Reis, Bohnen, Fleisch ..."

"Fisch und Eier", ergänzte ich.

Er schüttelte den Kopf und lachte. Er mochte weder das eine noch das andere.

„Dann müssen wir beten", sagte meine Großmutter mit überzeugter Stimme.

Sie legte beide Hände auf seine Stirn und schloss die Augen: „Jesus, Amarinho will lesen und schreiben lernen, um zu arbeiten. Er möchte Geld verdienen, um seiner Familie zu helfen." Sie verstummte.

„Amen!", sagte er, und ich stimmte ein.

Wir aßen zu Mittag am großen Tisch im Garten, außer meiner Großmutter, die lieber auf der hohen Küchenstufe sitzenblieb und auf Besteck verzichtete.

Sie aß drei große Portionen mit den Fingern. Am Nachmittag gab es Kürbiskompott auf Maisbrot mit Butter. Es hatte eine schöne Farbe, so wie ein Sonnenuntergang. Großmutter und Mutter tranken Kaffee und wir Kinder freuten uns auf den Ki-Suco, die Pulvermischung mit Erdbeergeschmack, die unsere Großmutter uns mitgebracht hatte. Meine Mutter rührte sie in zwei Liter Wasser ein, gab zwei Tassen Zucker hinzu, und wir tranken alles aus. Ich hatte noch nie echte Erdbeeren gesehen, ihren Geschmack kannte ich nur aus dieser Ki-Suco-Packung. Früchte wie Ananas, Orangen oder Mangos kannte ich gut genug, um den Geschmack zu identifizieren. Hier konnte ich nur sagen, dass der Ki-Suco mir gut schmeckte.

„Oma, heute gehen wir in die Kirche, kommst du mit?", fragte ich und zog sie am Arm.

„Wie spät ist es denn, Kinder?" Sie trug keine Armbanduhr. Sie konnte weder lesen noch schreiben und auch keine Uhr lesen.

Ana und Olímpia antworteten gleichzeitig: „Drei Uhr!"

„Du kannst auch bei uns übernachten und in meinem Bett schlafen", sagte ich und unterstrich es mit einer Kopfbewegung.

„Ich komme mit, aber nach dem Gottesdienst fahre ich nach Hause."

Als mein Vater von der Arbeit kam, traf er meine Großmutter in der Küche. „Boa tarde, Dona Olímpia!", grüßte er leise. Meine Schwester Olímpia war nach Großmutter genannt worden. Das hatte mein Vater zu ihren Ehren so gewollt und meine Mutter war einverstanden gewesen.

"Boa tarde, wie geht's, Amaro?"

"Gut, danke, Dona Olímpia."

Mein Vater spülte seinen Henkelmann so schnell wie noch nie, ließ ihn im Geschirrkorb trocknen und verschwand im Badezimmer. Bei den Familientreffen in Großmutters Haus war mein Vater nie anwesend, obwohl ich ihn gerne dabeigehabt hätte. Manchmal versprach er mir mitzugehen, aber am Tag selbst blieb er dann doch zu Hause. Besonders schön war es bei meiner Großmutter am ersten Januar und am Muttertag, wenn alle ihre Kinder und Enkel sich auf ihrem Grundstück versammelten. Wir waren um die fünfzig Personen. Einmal hatte mein Cousin Eliseu alle gezählt, als wir zusammen auf dem Boden saßen und aßen. Er tat es nur, um mich zu ärgern, denn er konnte schon zählen und ich noch nicht. „Wie schön für dich", hatte ich ihm schmollend zugerufen. „Du bist halt älter als ich."

Meine Großmutter legte sich auf mein Bett und wir ließen sie alleine. Am großen Tisch im Garten bügelte meine Mutter Großmutters Wäsche, während meine Schwestern und ich sie sorgfältig falteten und in die Tasche legten. Amarinho saß daneben und spielte mit seiner dicken Unterlippe. Er zog sie mit Daumen und Zeigefinger nach vorne und ließ sie wieder los. Dabei bewegte er ruhig den Kopf und seine Augen wanderten ziellos über den großen Tisch. Dann begann er unverständlich zu erzählen, lachte zwischendurch, und wir lachten mit. Er strahlte uns an.

„Amarinho", rief ich und deutete auf ein frisch gebügeltes schwarzes Hemd, das Ana gerade faltete. „Bist du weiß oder schwarz?".

„Weiß", antwortete er.

Wir lachten.

„Amarinho, du bist schwarz!", widersprach Olímpia.

„Nein, weiß", antwortete er ernst.

„Amarinho! Amarinho! Amarinho!", rief ein Junge vom Gartentor aus, „wir wollen Fußball spielen, kommst du?"

Pelé begann zu kläffen. Amarinho sprang auf, ging zu meiner Mutter hinüber und ergriff ihren Arm, der das Bügeleisen hielt.

„Mama, darf ich?", fragte er und blickte sie erwartungsvoll an.

„Amarinho, Vorsicht!", rief sie.

Der Junge rief erneut nach ihm, während Pelé weiter bellte.

Amarinho ließ meine Mutter los und sie nickte ihm zu.

„Pass nur auf, dass du dir nicht weh tust", rief sie, aber er war schon verschwunden.

Amarinho spielte wie alle anderen barfuß, verletzte sich jedoch nur selten. Und wenn er sich einmal den Zeh anstieß, so dass es blutete, weinte er nie und zeigte keinerlei Schmerz.

Um 6 Uhr abends läuteten, wie jeden Tag, aus dem Lausprecher der katholischen Santa-Barbara-Kirche die Glocken, gefolgt von Schuberts „Ave-Maria" mit Chor und Violinbegleitung. Das Lied gefiel mir und ich konnte es schon auswendig. Damals wusste ich noch nicht, was für ein Musikstück das war und dass es auf Latein gesungen wurde. Für mich klang es katholisch.

Es hallte so laut wie die Militärflugzeuge, die über unser Haus flogen, und wir konnten uns nur durch Schreien verständlich machen. Ich sang das schöne Lied und dachte, niemand würde mich hören.

„Was singst du da?", fragte Olímpia und legte ihre Hand auf meinen Mund.

Ich verstummte.

„Die Katholiken beten Heilige an, die nicht echt sind", sagte sie mit scharfem Blick.

„Unser Gott ist der wahre Gott!", ergänzte Ana.

Ich machte mich klein, während ich meine Mutter aus den Augenwinkeln anschaute. Sie schien in Gedanken zu sein.

"Mama, es ist schon 6 Uhr", sagte ich, „soll ich Amarinho rufen?"

„Ja", antwortete sie. Ich rannte zum Gartentor.

„Amarinho, Mama ruft dich!"

Amarinho drehte sich zu mir und die Jungen begleiteten ihn bis vor unser Tor. Ich sah eine Mischung aus Freude und Enttäuschung in seinem Gesicht. Er spielte gerne Fußball, ging aber auch gerne mit in die Kirche.

Meine Mutter hatte das Abendessen vorbereitet, aber nur mein Vatter aß. In der Zwischenzeit hatten wir uns für die Kirche fertiggemacht. Fast jeden Abend gingen wir mit ihr dorthin, während mein Vater zuhause am offenen Fenster Radio hörte und dabei eine Zigarette nach der anderen rauchte, wenn er nüchtern war. Vor dem Einschlafen las er ein Kapitel aus der Bibel und betete auf den Knien vor dem Bett. Er ging nie in die Kirche, denn letztendlich sei Gott doch überall.

Für den Donnerstagsgottesdienst brauchten wir uns nicht fein zu machen. Wichtig waren die große Bibel und das Gesangbuch, die meine Mutter in ihrer Handtasche verstaute. Ganz anders war es an den Sonntagen für den Abendgottesdienst, wenn meine Mutter unsere besten Sachen aus dem Schrank holte, bügelte und, wenn nötig, mit Spiritus und Maizena gummierte und die Schuhe mit Schuhcreme putzte. Olímpia und ich zogen Kniestrümpfe mit Pompons an und meine Mutter ließ sich Zeit, unsere krausen Haare mit einem groben Kamm zu entwirren, um sie zu einem Knoten zu binden. Ana frisierte sich selbst und trug schon Strumpfhosen.

Wir versammelten uns in der Küche, um zu beten: Meine Mutter dankte Gott für Großmutters Besuch und dafür, dass wir gemeinsam in sein Haus gingen. Sie betete dafür, dass meine Großmutter in Sicherheit zu Hause ankommen möge. Meine Großmutter betrat den Flur und blieb an der Wohnzimmertür stehen. Ich steckte den Kopf zwischen sie und den Türrahmen. Mein Vater lehnte am Fenster und hörte Fußball aus dem Radio. Dabei kaute er an einem Fingernagel. Meine Großmutter trat vor. Auf dem Wohnzimmertisch lag eine offene Schachtel aus grünem Kunststoff mit über hundert fächerartig gestapelten schmalen und länglichen Zettelchen, auf denen Bibelverse geschrieben standen.

„Zieh einen Zettel", sagte sie zu mir, „und dann schauen wir, was Gott deiner Mama zu verkünden hat!"

Ich zog ein Zettelchen heraus und wir gingen zurück in die Küche zu den anderen. Dort gab ich meiner Mutter den Vers und sie las vor: „Gut ist's, schweigend zu warten auf die Rettung des Herrn."

Auf dem Fußweg zur Kirche trugen meine Mutter und Ana zusammen Großmutters dicke Wäschetasche. Zwischendurch wechselten sie die Seiten. Ich hielt Großmutters Hand und trug die Handtasche meiner Mutter mit der großen Bibel und dem Gesangbuch.

„Mama", fragte ich, "darf ich heute neben Oma sitzen?"

„Nein, ihr sitzt wie immer im Kinderchor, so wie ich im Kirchenchor."

Als wir an der katholischen Kirche Santa Bárbara vorbeigingen, stand der junge Padre José draußen in seiner langen Kutte mit weißem Kragen. Er nickte uns zu und grüßte: „Boa noite!" Fast jeden Abend, wenn wir zum Gottesdienst gingen, stand er dort.

Meine Mutter antwortete: „Boa noite, Padre José!" und nickte zurück.

Mich beeindruckte sein freundlicher Gruß, obwohl wir nicht katholisch waren. Unser Pastor würde nie vor der Kirche stehen und die Menschen begrüßen, die nicht zu seiner Herde gehörten.

Die katholische Kirche war nicht schön. Sie sah aus wie eine dreieckige Turnhalle aus dunklem Holz mit einem kleinen Kreuz auf dem Dach. Unsere Nachbarin Dona Cláudia ging jeden Sonntag um sechs Uhr abends in die Messe und erzählte meiner Mutter, wie beliebt ihr Priester war. Ich fand ihn wirklich nett in diesem langen Gewand. Meistens lag seine Kirche nach der Messe im Dunkeln, und da die Straße schlecht beleuchtet war, sah ich nur sein Gesicht und den weißen Kragen – und er erschien mir wie ein Gespenst.

Etwas weiter die Straße hinunter in Richtung Marktplatz gab es einen Laden für Devotionalien der Macumba-Religion, der zur Straße hin offen war. Die Verkäufer brachten gerade die Ware vom Bürgersteig ins Geschäft, darunter eine lebensgroße menschliche Figur aus Gips. Der Anblick bereitete mir Gänsehaut. Es war ein roter Teufel mit spitzen Ohren und Zähnen. Er trug einen schwarzen Umhang und hielt eine rote Lanze quer vor der Brust. Ein Verkäufer entzündete einen Lampion mit Weihrauch und schritt damit durch das Geschäft. Das Zeug roch bis zur genüberliegenden Straßenseite, wo wir vorbeigingen.

„Die Leute glauben, damit könne man das Böse vertreiben", hatte meine Mutter uns erklärt, „aber das Böse steckt in diesen Menschen selbst, sagt unser Pastor."

„Warum sind sie böse?", hatte ich gefragt.

„Weil sie nicht unserem Gott huldigen."

„Was ist huldigen, Mama?"

„Anbeten" hatte sie erklärt. „Sie beten den Teufel an."

Direkt neben dem Geschäft wohnte eine nette Familie in einem Haus mit Vorgarten, wahrscheinlich Großmutter, Mutter und drei Töchter. Alle waren blond und hatten lange Haare. Oft wünschte ich mir, ich hätte weiße Haut und glatte Haare wie sie, ja, dass es gar keine Schwarzen gäbe. Diese Familie, die ich bewunderte, stand fast jeden Abend, wenn wir vorbeigingen, draußen an ihrer niedrigen Gartenmauer und unterhielt sich fröhlich. Die jungen Frauen, von denen ich vermutete, sie seien die Töchter, hielten Händchen mit ihren Freunden. Ich fragte mich nur, wie sie neben einem Macumba-Laden wohnen konnten. Ich hätte Angst davor gehabt. Sie waren nicht, wie Macumbeiros, von Kopf bis Fuß in weiß gekleidet. Eher schienen sie Katholiken zu sein, denn sie trugen öfters Halsketten mit Christus am Kreuz auf der Brust. Evangelikale waren sie auf keinen Fall, weil sie Hosen und ärmellose Kleider trugen.

Als wir angekommen waren, ging meine Mutter mit Ana in die Kirchenküche im Hinterhof, um die Schwester dort zu fragen, ob sie Großmutters Wäschetasche in einer Ecke abstellen könnte. Die Kirchenstühle waren zu klein, um die dicke Tasche darunter zu verstecken.

Der Gottesdienst begann und meine Großmutter wurde zusammen mit anderen Besuchern von Pastor Paulo vorgestellt: „Ich bitte die Schwestern und Brüder aus anderen Gemeinden, die uns heute Abend die Ehre ihres Besuchs erweisen, sich zu erheben!" An die zehn Frauen und Männer standen auf und warteten.

"Begrüßen wir alle Besucher in Jesu Namen!", rief Pastor Paulo mit erhobener rechter Hand.

„Willkommen in Jesu Namen!", antwortete die Gemeinde laut, ebenfalls mit erhobener rechter Hand.

„Die Besucher dürfen wieder Platz nehmen", sagte der Pastor und bat einen von ihnen, nach vorne zu kommen, um zu bezeugen, wie Christus ihn gerettet hatte.

Ich wollte meine Mutter unbedingt noch fragen, wie sie selbst zu Christus gefunden hatte. Nach unserer Regel hätte sie meinen Vater als Ungläubigen nicht heiraten dürfen. Vermutlich hatte zum Zeitpunkt der Hochzeit keiner von ihnen der Gemeinde angehört. Wer weiß, hatte sie die Kirche verlassen, um meinen Vater zu heiraten?

Pastor Paulo begann zu predigen. Er sprach tief und leise, als wäre jemand gestorben, und ich döste ein.

„Anstatt hier vor Gottes Altar zu knien, sitzen sie vor dem Fernsehen, vor dem Satan!" Als ich das Wort Satan hörte, schrak ich auf.

Alle in meiner Klasse redeten über das Fernsehen, nur ich nicht, weil wir Gläubigen nicht fernsehen durften. Ich stellte mir vor, auf dem Boden in unserem Wohnzimmer vor dem Fernseher zu sitzen. Aber ich sah nur Streifen. Ich rieb mir die Augen mit den Fingern, um das Bild klar zu sehen.

Pastor Paulo wurde rot im Gesicht und sein Adamsapfel hüpfte. „Ihr werdet in der Hölle schmoren!"

Aus meinem Fernsehbildschirm sprang ein roter Teufel mit einer schwarzen Lanze auf mich zu, so ähnlich wie von dem Macumba-Laden. Schauer liefen mir über den Rücken.

„Aber wir, die wir hier drinnen im Gotteshaus sind, werden in den Himmel kommen!", stellte der Pastor fest.

Mit gen Himmel erhobenen Händen rief er: „Halleluja! Halleluja! Halleluja!", und die Gemeinde stimmte ein. Ich tat es ihnen gleich, so laut wie ich konnte.

Nach dem Gottesdienst schleppten meine Mutter und Ana die Wäschetasche den Weg zurück bis zur Bushaltestelle an der großen Kreuzung, wo die weiße Familie wohnte. Der Bus näherte sich und meine Mutter winkte dem Fahrer zu.

„Hast du Fahrgeld?", fragte sie.

Anstatt das Geld aus dem Taschentuch im Ausschnitt ihres Kleides zu holen, legte Großmutter die Hände auf ihren dicken Bauch und verkrampfte sich.

„Ich kann nicht einsteigen", sagte sie zu meiner Mutter und schloss die Augen. „Ich habe furchtbare Bauchschmerzen." Der Bus hielt kurz an, aber keiner machte Anstalten einzusteigen und er fuhr weiter.

„Oma, dein Bus!" rief Amarinho. Er lief hinter dem Bus her, als wollte er ihn stoppen.

„Sie nimmt den nächsten, Amarinho", rief ich, und er kam zurück.

Dort, wo wir standen, gab es eine Schule, eine Apotheke und eine Kneipe, die alle dunkel waren. Aber auf der anderen Seite der Kreuzung stand die weiße Familie.

„Gehen wir rüber zu ihnen", sagte meine Mutter und eilte voraus. Meine Geschwister blieben bei der Wäschetasche an der Bushaltestelle, während ich mit Großmutter nachkam. Vor Schmerzen konnte sie sich kaum aufrecht halten und stützte sich auf meine Schulter. Meine Mutter war noch nicht auf der anderen Straßenseite, da rief sie der Familie zu: „Entschuldigung! Meine Mutter hat starke Bauchschmerzen. Sie hat einen langen Weg nach Hause vor sich. Darf sie Ihre Toilette benutzen?"

Ohne zu zögern öffnete die älteste der Frauen das Tor und geleitete meine Großmutter ins Haus. Meine Mutter und ich warteten draußen auf dem Bürgersteig, ein Stück von der Familie entfernt. Da kam die Frau wieder heraus und schloss sich ihren Angehörigen an. Ich beobachtete die weißen Menschen. Sie lachten und redeten ganz natürlich, so wie immer, wenn wir an ihrem Haus vorbeikamen. Das Gesicht meiner Mutter war angespannt und sie atmete schwer, während wir auf Großmutter warteten. Sie trat von einem Fuß auf den anderen. Meiner Großmutter schien es wirklich schlecht zu gehen. Endlich kam sie zurück. Ihr Gesicht und ihr Gang waren entspannt.

„Muitíssimo obrigada, Senhora!" bedankte sich meine Mutter mit erleichterter Stimme.

„Gott segnet Sie und Ihre Familie!", fügte meine Großmutter hinzu.

Die Familie nickte. Wir gingen zurück zu meinen Geschwistern. Der Bus kam schnell. Großmutter stieg die drei hohen Stufen hinauf und meine Mutter stellte die dicke Wäschetasche vor ihre Füße. Wir winkten noch einmal, während der Bus abfuhr. Den ganzen Weg nach Hause dachte ich nur daran, wie freundlich die weiße Familie zu meiner schwarzen Großmutter gewesen war. Sie hätte niemals den Weg zu uns geschafft, geschweige denn zu sich nach Hause.

Am folgenden Abend kam mein Vater pfeifend von der Arbeit. Bellend begrüßte ihn Pelé aus seiner Hütte unter dem Sternfrüchtebaum. Ich nahm ihm den Henkelmann ab und wir traten in die Küche. Mit ausgestreckter Hand kam meine Mutter uns aus dem Elternschlafzimmer entgegen. Da holte er etwas Geld aus seiner Hosentasche, legte es ihr in die Hand und sie verschwand.

„Papa, heute hatten wir Besuch", erzählte ich ihm, während er den Henkelmann auf dem kleinen Küchentisch auspackte.

„Wirklich?"

„Die Schwester Clotilde aus unserer Kirchengemeinde."

Er drehte sich zu mir um und wartete.

„War sie allein?" Dann spülte er weiter.

„Nein, Papa, sie kam mit drei von ihren Kindern, gerade als wir essen wollten. Mama hat jedem von uns einen Teller fertiggemacht. Die Kinder haben die Teller mit den Fingern saubergemacht."

Mein Vater lachte. Er wusste, dass ich die Kinder nicht mochte. Das Mädchen stank nach Urin, obwohl es viel größer war als ich, und die beiden Jungen, die gewöhnlich die Zeigefinger in der Nase hatten, wuschen sich vor dem Essen nicht die Hände.

„Aber Schwester Clotilde hat Mama beim Spülen geholfen."

„Hör mal, ich brauche Zigaretten." Er drehte sich mit ernster Miene zu mir um. „Lauf zu Senhor Ronaldo, bevor er zumacht. Sag ihm, ich zahle am Ende des Monats."

Als ich gehen wollte, rief mich meine Mutter. „Geh danach bei Cebinho vorbei und sag ihm, er soll morgen ganz früh mit dem Handkarren vorbeikommen. Nimm Amarinho mit!"

Wir standen vor Cebinhos Haus. Ein paarmal mussten wir rufen, bis er endlich am Gartentor erschien.

„Was wollt ihr?", spuckte er durch seine faulen Zähne.

„Gas", antwortete Amarinho. Ich stieß ihm in die Rippen.

„Kannst du uns eine Gasflasche besorgen?", fragte ich höflich.

Cebinho, der „kleine Bauchspeck", war weder dick noch hatte er einen Bauch. Seine Haut sah klebrig aus, vielleicht wegen der Tätigkeiten, die er ausübte, um an Geld zu kommen. Er konnte weder lesen noch schreiben, aber mit Geld kannte er sich aus. Beim Gehen gestikulierte er und sprach undeutlich und nasal mit sich selbst. Die Jungen machten sich über ihn lustig und er schimpfte laut und warf kleine Steine nach ihnen, worauf sie lachend davonliefen. Er hatte keine feste Arbeit und lebte von kleinen Nachbarschafts-aufgaben, die er mit seinem dreirädrigen hölzernen Handkarren erledigte. Er fällte Bäume, brachte Bauschutt, Sperrmüll und tote Hunde auf freies Gelände und holte Gasflaschen bei den Versorgern, wenn das Gas zwischen den Lieferterminen ausging.

Er nickte kurz, drehte sich von uns weg und begann mit seinen Selbstgesprächen. Amarinho zeigte mit dem Finger auf ihn und lachte.

Erst am darauffolgenden Nachmittag kam er mit seinem Karren vorbei und holte das Geld und die leere Gasflasche. Als mein Vater von der Arbeit nach Hause kam, war Cebinho immer noch nicht mit der vollen

Flasche zurück. Er zündete seine letzte Zigarette an und schickte mich wieder zu Senhor Ronaldo, um eine neue Packung zu holen. Senhor Ronaldo schrieb den Betrag auf und ich ging nach Hause.

Als Cebinho endlich kam, nahm mein Vater die schwere Gasflasche am Gartentor entgegen und trug sie mit beiden Händen in die Küche. Zwischen seinen Lippen brannte eine Zigarette und während er noch rauchte, schloss er die Flasche am Herd an. Danach kam er zu uns in den Garten, wo wir unter der Kokospalme Zuflucht gesucht hatten. Von dort aus konnten wir im Falle einer Gasexplosion das Gartentor schnell erreichen.

Am Abend versammelten wir uns mit unserer Mutter im Kinderzimmer, um zu beten: „Danken wir Herrn Jesus für das Gas und den Schutz."

„Und befreie Papa vom Laster des Rauchens und Trinkens." erhob Amarinho seine Stimme im Gebet.

„Mama, hast du Amarinhos Gebet gehört?", fragte ich, während wir in der Küche Wasser tranken.

„Ja, und Jesus auch", antwortete sie hoffnungsvoll.

KAPITEL 3

An einem kalten Juniabend machten wir uns für die Kirche fertig. Wir zogen uns Strickjacken über, die nach Mottenkugeln rochen, und trugen die Schuhe der Schuluniform mit Socken. Mein Vater blieb allein mit seinem Radio. Als wir die Straße der katholischen Kirche hinunter gingen, standen einige junge Männer auf dem Bürgersteig. Sie zündeten gerade einen Heißluftballon, an dem mehrere Laternen hingen. Er flog mit dem Wind über die Bäume, Dächer und Oberleitungen. Meine Mutter ging zwischen Olímpia und mir und hielt uns an den Händen. Dabei schauten wir zu dem Ballon, der immer höher schwebte. Amarinho, der neben uns herlief, blieb stehen und betrachtete ihn fasziniert. Er liebte Heißluftballons.

„Komm, Amarinho! Schnell!", rief meine Mutter, und er folgte uns in seinem Tempo.

Wir näherten uns dem Haus, in dem die nette katholische Familie wohnte. Bei ihnen lebte ein junger Neffe. Er hatte ebenfalls blonde Haare und blaue Augen und trug deshalb den Spitznamen „der Blonde". Er war Lastwagenfahrer und oft unterwegs. Wenn er frei hatte, stand sein langer LKW auf der Straße vor dem Haus. Er pflegte ihn wie einen Menschen, spritzte ihn mit einem Gartenschlauch ab und wusch ihn mit Seife, so wie meine Mutter uns als kleine Kinder im Garten geduscht hatte. Er trocknete ihn mit großen Tüchern und polierte ihn anschließend mit Wachs. Diese Prozedur dauerte mehrere Stunden. Eigentlich interessierte ich mich nicht für Autos, aber ich bewunderte diesen riesigen hohen Transporter in glänzendem Braun. Er sah ganz anders aus als die Gastransporter, die an unserem Haus vorbeifuhren.

An diesem Abend, als wir an dem LKW vorbeikamen, stand der Blonde vor dem Haus und unterhielt sich mit der Familie. Während er sprach, gestikulierte er in Richtung seines Wagens und lachte laut, als erzählte er eine Geschichte über einen Menschen. Die anderen lachten höflich mit. Meine Mutter wünschte ihnen einen guten Abend und wir gingen weiter. Amarinho lief hinter uns.

Plötzlich hörte ich den Blonden brüllen: „Pfoten weg, du Affe!"

Wir drehten uns um, um zu sehen, mit wem er da sprach. „Affe" war nämlich ein Schimpfwort für dunkelhäutige Menschen. Amarinho ging an dem LKW entlang und streichelte die Karosserie mit seiner rechten Hand, als hätte er den Wagen gerade erst entdeckt.

„Amarinho, mein Sohn, komm!"

Er schien meine Mutter nicht zu hören und streichelte im Gehen den LKW weiter.

Der Blonde machte sich lang und breit und ging einen Schritt in Richtung meines Bruders. Schnell ließ meine Mutter uns los und eilte zu Amarinho zurück. Sie ergriff seine Hand und zog ihn mit sich. Als sie an dem Blonden und der Familie vorbeikamen, blieben sie kurz stehen.

„Senhor, desculpa"! Meine Mutter, eine gut gebaute schwarze Frau, machte sich klein vor diesem jungen Mann, um sich für ihren Sohn zu entschuldigen.

Auf dem Rückweg von der Kirche trottete Amarinho hinter uns her. Kurz vor dem Lastwagen des Blonden blieb meine Mutter stehen und wartete, bis er sie eingeholt hatte. Sie führte ihn an der Hand, bis sie den Wagen hinter sich gelassen hatten. Amarinho tat mir leid.

Ein paar Tage später kam er von der Schule nach Hause. Er hielt eine gefaltete Seite aus einem Schulheft hoch. Oft schrieben die Lehrer etwas ins Schulheft, wenn sie eine Mitteilung für die Eltern hatten.

„Lass mal sehen, Amarinho", sagte ich und riss ihm den Zettel aus der Hand.

„Das ist für Mama", sagte er stolz und zog das Stück Papier heftig zurück. Eine Ecke riss ab und blieb in meiner Hand.

In der Küche las meine Mutter den Zettel und seufzte. Sie runzelte die Stirn und ihre Mandelaugen wurden groß.

„Was hast du in der Schule angestellt, Amarinho?", fragte sie in der Hoffnung, er hätte vielleicht etwas ausgefressen.

„Nichts, Mama", sagte er mit unschuldiger Miene. Genau das tat Amarinho in der Schule: nichts. Er hatte immer noch nicht lesen und schreiben gelernt. Zählen konnte er, aber nur bis zehn. Als meine Mutter zum ersten Mal in die Schule zitiert wurde, weil er nicht von der Tafel abschreiben konnte, hatte sie gesagt: „Ach, die reden doch nur" und dabei mit den Achseln gezuckt. Manchmal hatte er dafür im Schulsekretariat in der Ecke stehen müssen.

„Jesus, öffne meinen Geist, damit ich Lesen und Schreiben lerne", hatte meine Mutter ihm beigebracht.

„Und für Papa nicht mehr beten?", hatte er mit großen Augen gefragt.

„Doch, solange er noch raucht und trinkt."

Am nächsten Tag suchte meine Mutter die Direktorin auf. Als wir danach am großen Tisch zusammen aßen, kaute meine Mutter lange und schluckte schwer. Amarinho hatte seinen Teller vor ihr geleert.

„Ihr Sohn kann nicht mehr hier in meiner Schule bleiben", imitierte sie die Direktorin. Dabei streckte sie die Brust nach vorne und verstellte die Stimme wie ein Papagei.

„Ich habe die Direktorin nicht nach dem Grund gefragt", sagte sie mit hängenden Schultern, während sie die leere Gabel hielt und Amarinho anschaute, der Selbstgespräche führte.

Amarinho musste von nun an auf eine Sonderschule gehen, die weit entfernt von zu Hause lag. Meine Mutter machte sich Sorgen wegen der zusätzlichen Kosten für den Bus.

KAPITEL 4

Durch das Hupen erkannte ich, dass der ,Tripeiro'
kam. Seine Hupe war laut und durchdringend wie eine
weibliche Stimme. Ich rannte auf die Straße und rief
ihn. Der alte portugiesische Verkäufer fuhr mit einem
Karren, der von zwei Pferden gezogen wurde, auf der
gepflasterten Straße vor. Er war klein, aber kräftig. Vor
dem Haus seiner Stammkunden verlangsamte er die
Fahrt. Der Tripeiro und sein Hilfsjunge saßen vorne
und zogen die Zügel. Hinter ihnen war die Ladefläche
abgedeckt. Seine Hupe sah wie ein riesiger schwarzer
Schnuller aus und die Hausfrauen kamen zu ihm auf
die Straße gelaufen, um seine Ware zu kaufen. Auch
meine Mutter kam heraus.

„Was haben Sie heute frisch?"

„Tudo." Alles, antwortete er mit seinem
portugiesischen Akzent. Dann ging er hinter den
Wagen und zeigte Magen, Kutteln, Nieren, Herzen und
Lebern. Auf ihren Wunsch wog er ein Kilo Magen auf
einer Balkenwaage ab, legte ihn in ihren alten
Blechkochtopf und nannte den Preis.

„Können Sie den Betrag aufschreiben?"

Er nuschelte etwas. Dann brüllte er den Jungen an,
der immer noch oben saß: „Schreib den Betrag auf!"

Der Junge blickte meine Mutter und mich über die Karosserie kalt an, holte einen Bleistift hinter seinem Ohr hervor und schrieb etwas auf einen schmutzigen Notizblock. Der Tripeiro stemmte sich auf den Sitz und nahm die Zügel in die Hand. Heftig peitschte der Junge die Pferde, bis sie antrabten. Auf der Straße ließen sie ein paar Pferdeäpfel zurück.

„Ich brauche noch Dünger für meine Rosenbeete. Bring diese Pferdeäpfel mit deinem Bruder in den Garten zum Trocknen", sagte meine Mutter und eilte zum Gartentor.

Ich nahm die Schaufel auf, schaute nach rechts und links und dachte: Gott sei Dank, es ist kein Mensch zu sehen.

Ich jagte bunte Schmetterlinge im Vorgarten, die über den Hibiskus flogen, als Dalton mich von der Straße aus rief: „Komm, schnell!"

„Ich darf nicht auf der Straße spielen!"

Dalton stand da, Augen und Mund weit geöffnet, als sähe er ein Gespenst. Ich öffnete das Gartentor und lief zu ihm.

Aus dem Nebel erschien mein Vater auf einem Pferd – mitten auf der Straße. Das Tier trottete langsam mit meinem Vater, der aufrecht im Sattel saß wie ein triumphierender Soldat, der von einer Schlacht heimkehrte. Rechts und links säumten die Anwohner den Straßenrand. Die alten Männer salutierten, die

Frauen applaudierten, und die kleinen Kinder winkten ihm zu. Mit einer Hand hielt er die Zügel, die andere reckte er nach oben. In einer Kadenz bewegte er den Unterarm nach rechts und links, um die Nachbarn zu begrüßen. Vor dem Haus saß er ab. Er war schmutzig, stank und sah müde aus, aber ich bemerkte Lebendigkeit in seinen Augen. Ich ging auf ihn zu. Er beugte sich vor und ich küsste und umarmte ihn. Wir blieben auf dem Bürgersteig vor unserem Gartentor stehen.

Ich zeigte auf das Pferd. „Papa, wie heißt es?"

„Capitão."

„Hörst du, Dalton? Das Pferd heißt Capitão. Dürfen wir es streicheln, Papa?"

„Ja, es ist ein braves Tier. Gefällt es dir?"

„Ja, sehr."

Dalton wurde von seiner Mutter ins Haus gerufen.

„Gehört Capitão uns?", fragte ich.

„Ja. Aber erzähl deiner Mama noch nichts davon. Bringen wir ihn in den Garten." Er band Capitão am Mangobaum fest. „Hol das große Zinkgefäß und stell es hier neben Capitão. Er hat Durst."

Im Schuppen hinter dem Haus suchte ich eine Gießkanne. Damit holte ich Wasser aus dem Waschtrog. Ich musste ein paar Mal hin- und hergehen, während mein Vater bei Capitão blieb und schaute, ob er genug Wasser trank.

„Papa, soll ich Capitão Amarinho vorstellen?"

„Das wäre gut."

Amarinho spielte auf der anderen Gartenseite.

„Wir haben ein neues Tier. Rate mal, welches!"

„Einen Hahn."

„Nein, so was haben wir schon. Es ist groß und hat vier Beine."

„Ah! Ein Hund!"

„Nein, noch größer. Letzter Versuch."

„Ein Elefant."

„Nein, viel kleiner." Er wandte den Blick von mir zu unserem Hund Pelé, der zu seinen Füßen saß und ihn mit gespitzten Ohren anschaute. Ich zog Amarinho an der Hand durch den Garten zu Capitão.

„Bleibt ihr bei ihm", sagte mein Vater. „Ich gehe hinein und rede mit eurer Mama. Capitão soll bloß ruhig sein."

Ich nahm Amarinhos Hand und streichelte das Pferd damit. Dann sagte ich: „Capitão."

Amarinho schaute mich fragend an. „Capitão?"

"Capitão, nosso novo amigo", stellte ich unseren neuen Freund vor.

Als ich das sagte, drehte Capitão seinen Kopf Amarinho zu. Aus der Küche hörte ich Geschirr klappern.

„Komm, Amarinho", sagte ich. Durch den Hintergarten erreichten wir die Küchentür. Sie war geschlossen, aber durch den Glaseinsatz konnte ich hineinschauen und sah meinen Vater und meine Mutter da stehen und mit den Händen gestikulieren.

Meine Mutter öffnete die Tür des Vorratsschranks und holte das einzige Lebensmittel heraus. Es war eine Dose Mais. Heftig stellte sie die Dose auf den Küchentisch. Amarinho und ich zuckten zusammen. Dann ging sie zum Herd, hob vom Reis- und vom Bohnentopf jeweils den Deckel und zeigte meinem Vater deren Inhalt. Er schaute nach unten und kratzte sich am Kopf.

„Ich werde Capitão verkaufen." Die Stimme meines Vaters drang durch eine kleine offene Luke über mir. Ich schob Amarinho zu Capitão. Schluchzend streichelte ich seine Mähne. Mein Bruder tat es mir nach.

Mein Vater rauchte still am offenen Wohnzimmerfenster und sah zu, wie Amarinho und ich Capitão streichelten. Er sah frisch geduscht aus. Ich näherte mich ganz langsam, wobei ich die sandige Erde mit den Zehen vor mir herschob. Unter dem Fenster blieb ich auf einem Fuß stehen, drückte ihn in die Erde und begann ihn mit dem anderen einzugraben.

„Was tust du mit der Erde?"

Ich schaute zu ihm hoch und zuckte mit den Schultern.

„Möchtest du nicht mit Capitão spielen?" Durch die Wohnzimmertür kam er zu mir heraus in den Garten. Er mied die Küche, den Bereich, in dem Mama sich aufhielt. Dann setzte er sich mir gegenüber auf den schmalen Betonstreifen, der am Haus entlangführte. Ich setzte mich neben ihn und er umarmte mich. Ich spürte seinen schweren Kopf an meinem.

„Papa, wie kommt es, dass wir jetzt ein Pferd haben?

„Mein Bruder hat ihn mir geschenkt. Dein Onkel wusste, wie sehr ich als Kind Pferde mochte."

„Woher hat er den Namen?"

„Keiner wusste, wie das Tier hieß. Da habe ich ihn Capitão genannt. Gefällt dir der Name?"

Am Montag ging mein Vater zur Arbeit und meine Mutter musste sich um Capitão und die anderen Tiere kümmern. Sie züchtete Schweine und Hühner. Am Feierabend kündigte mein Vater strahlend an: „Ich gehe kurz zu Senhor Ronaldo."

Er will bestimmt seinen Freunden von Capitão erzählen, dachte ich. Als er zurückkam, sagte er: „Capitão braucht Bewegung."

Vor dem Haus saß er auf und ritt bis zur Straßenecke. Ich lief hinter ihm her. Die Männer kamen aus der Kneipe und riefen: „Viva Amaro!" Er ritt weiter und ich lief zurück nach Hause.

In der Abenddämmerung begoss meine Mutter ihre Blumenbeete mit dem Gartenschlauch. Der Schlauch war alt und hatte Löcher, die mein Vater regelmäßig mit Pflastern flickte. Plötzlich spritzte mir

Wasser wie aus einer Fontäne ins Gesicht. Es war ein neues Loch. Fröhlich sprang ich über dem vom heißen Tag noch warmen Strahl hin und her.

„Mama, keiner hat so schöne Rosen wie wir."

„Stimmt. Aber ich muss noch etwas Pferdemist auf die Erde streuen. Beim nächsten Mal, wenn der Tripeiro vorbeifährt, bringst du mit Amarinho die Pferdeäpfel von der Straße in den Garten."

„Mama, wir haben jetzt Capitão, hast du das vergessen?"

Ich freute mich, dass Capitão bei uns ein Zuhause gefunden hatte. Aber vor allem freute es mich, dass meine Mutter genug Pferdeäpfel für ihre Pflanzen zur Verfügung hatte.

An einem Samstag, nachdem ich gefrühstückt hatte, suchte ich nach Capitão. Gegen Mittag kam mein Vater allein nach Hause.

„Wo ist er?", fragte ich und folgte ihm. Er ging wortlos zu meiner Mutter, die in der Küche saß und eine Unterhose flickte. Ich blieb im Türrahmen stehen. Er legte ein Bündel zusammengerollter Geldscheine vor ihr auf den Tisch und verschwand im Badezimmer. Sie rollte die Scheine aus, winkte mich mit dem Kopf zu sich und gab mir etwas Geld und eine Einkaufsliste.

„Geh zum Laden von Senhor Ronaldo und kauf alles, was auf dieser Liste steht. Nimm Amarinho mit. "

Nach wenigen Minuten waren wir zurück. Wir stellten die Tragetaschen auf den Boden neben den Küchentisch. Meine Mutter durchwühlte die Tüten und packte Bohnen und Reis aus. Dann holte sie zwei Kochtöpfe aus dem Schrank, stellte sie auf den Gasherd und schaltete das Küchenradio auf Kirchenmusik.

Ein paar Tage später hörte ich den Tripeiro hupen, als Amarinho und ich unseren Hund Pelé mit dem Gartenschlauch abduschten. Ich überließ meinem Bruder den Schlauch und lief ins Haus. Meine Mutter stand in der Küche.

„Mama, der Tripeiro kommt."

Sie holte ihre alte Geldbörse vorne aus ihrer Schürze. „Sag ihm, er soll unsere Rechnung fertigmachen. Ich ziehe meine Havaianas an."

Auf dem Bürgersteig winkte ich und rief: „Tripeiro!"

Vor unserem Gartentor hielt er seinen Karren an, blieb aber mit dem Jungen auf dem Kutschbock sitzen.

„A conta, por favor!"

Der Junge holte einen Zettel aus einer alten runden Ölkanne und übergab ihn dem Tripeiro. Ich streckte ihm die Hand entgegen, nahm die Rechnung und zeigte sie meiner Mutter, die aus dem Gartentor kam. Als sie den Zettel las, tat sie einen Schritt in seine Richtung, als wollte sie in den Krieg ziehen. Dann leerte sie ihre Geldbörse in meine Hände. Ich gab dem

Tripeiro das Geld. Der Wagen fuhr ab und die beiden Pferde hinterließen eine große Menge an Äpfeln. Der Junge schaute über die Schulter zurück und lachte mich aus. Ich verzog das Gesicht.

„Hol eine Schaufel aus dem Schuppen und bring diese Pferdeäpfel mit Amarinho zum Blumenbeet", sagte meine Mutter und ging in den Garten.

Langsam warf Amarinho mit der Schaufel die Pferdeäpfel in den alten Eimer, den ich festhielt. Reste von den frischen und noch weichen Äpfeln blieben zwischen den Pflastersteinen hängen. Plötzlich hörte ich die Kirchenglocken.

„Amarinho, schnell! Die Schulkinder kommen gleich!"

Er hielt mit der vollen Schaufel in der Luft inne und schaute mich an. Ich hörte, wie die Stimmen sich näherten, und damit wir schnell fertig wurden, entriss ich ihm die Schaufel. Während ich die Pferdeäpfel in den Eimer kippte, hörte ich die Kinderstimmen schon hinter mir und erkannte Daltons Lachen. Ich senkte den Kopf. Die Kinder bildeten einen Kreis um uns. Immer noch schaute ich nach unten. Ich erkannte ein paar Ballerinas, schwarz lackiert mit flacher Sohle und Fesselriemchen, wie meine, aber ganz neu.

KAPITEL 5

„Aua!", schrie ich, als meine Mutter mir die Haare kämmte, um sie in zwei dicken Zöpfen zusammenzubinden. Wir wollten in die Kirche gehen.

„Mama, warum bin ich schwarz?", fragte ich, während ich meine hellen Handflächen betrachtete.

„Als Gott die Menschen schuf", erzählte sie, so als wäre es das erste Mal, „gab es nur Schwarze. Es gab auch einen See, und wer sich ganz in dem Wasser baden konnte, wurde weiß. Der See war aber sehr klein und einigen schafften es nur, das Wasser mit den Fußsohlen und Handflächen zu berühren." Ich ging in den Schneidersitz, schaute auf meine hellen Fußsohlen und stellte mir vor, wie ich in einem überfüllten See stand, wo nackte Menschen darum kämpften, sich in dem wenigen Wasser ganz zu waschen. Ich wünschte mir, ich hätte es auch geschafft.

Die Sterne strahlten hell in dieser dunkle Mainacht auf unserem Weg zur Kirche. Die Herbstluft roch nach Grün und Blumen. Ich trug ein buntes Kleid aus Baumwolle mit langen Ärmeln und feste Schuhe. Kurz vor der Kirche warf ich den Kopf in den Nacken.

„Mama, halt mich fest! Damit ich nicht falle. Ich will die Sterne zählen." Ich streckte den Finger in Richtung dreier Sterne, die nebeneinander leuchteten.

„Das sind die Drei Marias", sagte meine Mutter.

„Sind sie Drillinge, Mama?"

„Ja." Meine Mutter blieb stehen, um die drei Sterne zu sehen. „Und sie verstehen sich sehr gut."

„Wir könnten die ganze Nacht hier stehenbleiben, Mama."

„Schön", sagte sie, „aber wir müssen uns ..."

„... beeilen", fiel ich ihr ins Wort. Ich richtete den Blick vom Himmel wieder zum Weg vor uns und entdeckte eine kleine Gruppe von Menschen, die vor dem Tor zum Kirchhof im Kreis standen. Sie gestikulierten frei, lachten und redeten laut. Sie waren jung. Die Männer trugen Anzüge und die Frauen langärmelige Blusen und Röcke oder Kleider bis zu den Knien.

„Du, Madalena!", fragte ein dickes Mädchen mit kleinen Füßen. „Woher hast du so schöne lange Haare und weiße Haut?" Die anderen lachten.

„Von Joseph und Maria!", antwortete einer.

„Aber sie haben einen Jungen zur Welt gebracht." Sie lachten wieder.

„Hör mal, du bist eifersüchtig auf Madalena, oder?"

„Du hättest gern ihre Figur und ihre grünen Augen."

Schwester Madalena lachte schüchtern. Ich bemerkte, wie ein junger Mann ihr zuzwinkerte. Sie seufzte und lächelte uns zu. Sie gab meiner Mutter die Hand: „Gottes Frieden, Schwester!" Der junge Mann warf uns einen bösen Blick zu und die Mädchen drehten sich zu uns um.

„Gottes Frieden, Schwester Madalena!

„Du, mein süßes Kind!" Sie hielt mich sanft an der Schulter und ihre weichen braunen Haare, die nach Rosen rochen, wärmten mich wie ein Wollschal. Sie führte mich an der Hand und meine Mutter am Ellbogen noch weiter von der Gruppe weg auf den Hof. Ihre Katzenaugen leuchteten unter dem schwachen Licht der Kirchenlaternen. Sie bargen ein Geheimnis. Immer noch hielt Schwester Madalena meine Hand und schaute meine Mutter ernst ins Gesicht.

„Ich bin verlobt, wissen Sie?" Sie streckte die rechte Hand aus. Ein dünner goldener Ring glänzte im Dunkeln.

„Das sehe ich." Meine Mutter runzelte die Stirn. „Mit wem?"

„Francisco." Schwester Madalena strahlte. „Sobald ich mein Häuschen eingerichtet habe, werde ich heiraten."

Meine Mutter öffnete weit die Augen. Auch ich war neugierig zu hören, warum sie uns all dies erzählte. Ob sie Hilfe brauchte, um Geld für die Hochzeit zu sammeln? Meine Mutter hatte einmal so etwas gemacht, aber für eine ganz arme Frau.

„Ich hätte gerne Ihre Tochter als Brautjungfer." Sie strich mir über das krause Haar. Noch nie hatte eine Weiße meine Haare berührt. Ich hielt kurz den Atem an. Ich traute meinen Ohren nicht. In diesem Augenblick lief ein schneeweißes Mädchen mit langen Haaren vorbei und rief: „Schwester Madalena!"

Sie nickte ihr zu und ich grüßte, bevor sie wieder verschwand. Ich kannte sie von den Weihnachts-aufführungen, wo sie die letzten Jahre immer den Engel gespielt hatte. Deswegen trug sie den Spitz-namen ‚Anjinho' – Engelchen.

„Dieses Mädchen wird auch Brautjungfer sein. Ich habe schon mit ihrer Mutter gesprochen."

Ich würde Brautjungfer werden! Zusammen mit diesem hübschen schneeweißen Mädchen!

„Ich habe kein Geld für neue Sachen, Schwester", sagte meine Mutter.

„Das ist nicht nötig", sagte Schwester Madalena.

Das verstand ich nicht. Normalerweise waren Brautjungfern alle gleich angezogen. Aber Schwester Madalena lächelte nur.

„Sie kann ihr gepunktetes rosa Kleid aus Seide und die schwarz lackierten Ballerinas tragen."

Es waren meine einzigen festlichen Sachen. Meine Mutter lachte. Ich werde Brautjungfer der schönsten Frau in unserer Kirche, dachte ich. Meine Mutter schaute mich lange an, und dann nickte sie Schwester Madalena zu. Ich machte einen hohen Sprung und löste mich von ihrer Hand. In Gedanken flog ich hoch zu den drei Marias. Ich suchte wieder Schwester Madalenas Hand und führte sie an mein Herz. Es pochte wild.

„Bis zur Hochzeit werden wir deine festlichen Sachen gut verwahren", sagte meine Mutter zu mir. „Zu Omas Treffen kannst du das blaue Kleid tragen."

Amarinho lag wach im Schlafanzug in seinem Klappbett, als wir zurück vom Gottesdienst kamen. Er war zu Hause geblieben, weil er nach dem Schultag in der Sonderschule Zeit zum Essen brauchte und er seine Schuluniform, eine Jeanshose zu einem weißen T-Shirt und darüber ein anisfarbener Kittel, noch hätte ausziehen und sich für die Kirche fertig machen müssen. Außerdem war er müde von dem frühen Aufstehen für die neue Schule.

„Amarinho", rief ich und schüttelte ihn am Arm, „ich werde Brautjungfer sein."

„Ich auch?", fragte er und bekam große Augen.

„Jungen werden Kavaliere", erklärte ich, „aber Schwester Madalena will nur Mädchen." Er blieb still. „Bist du traurig?", fragte ich. Er schüttelte den Kopf.

KAPITEL 6

Wenn es um Fußball ging, waren Amarinho und mein Vater große Rivalen: Flamengo und Fluminense, die beiden größten Mannschaften in Rio. Meine Mutter erlaubte ihm sogar, auf der Straße Fußball zu spielen, wie es üblich war: Mädchen spielten zu Hause mit Puppen und Jungen Fußball auf der Straße. Aber bei uns redete Amarinho nie über Fußball, weil wir evangelikal waren.

Einmal schenkte ihm mein Vater ein rotes ärmelloses Strick-T-Shirt mit Löchern, wie die Männer sie gerne in der Freizeit trugen.

„Das kannst du nicht auf der Straße tragen", warnte ihn meine Mutter. Ob er sie nun verstanden hatte oder nicht, auf jeden Fall nickte er. Allgemein passte Rot nur zu heller Hautfarbe, hieß es.

Eines Morgens hupte der Tripeiro und Amarinho und ich mussten wieder einmal mit Eimer und Schaufel Pferdeäpfel für die Blumenbete von der Straße holen. Als wir aus dem Gartentor traten, fuhr der Tripeiro mit seinem Hilfsjungen auf dem Karren gerade an unserer Haustür vorbei. Der Hilfsjunge deutete auf Amarinho und rief: Neger! Flamengo!

Dabei lachte er so laut, dass er sich verschluckte. Rot und schwarz, das waren die Farben der Fußballmannschaft Flamengo. Wie gerne hätte ich Eimer und Schaufel dort an der Mauer stehen gelassen, wäre ins Haus geeilt, hätte die Pistole meines Vaters aus dem Kleiderschrank geholt und, versteckt hinter der Mauer, einen Schuss in Richtung des Jungen abgegeben, nur um ihm einen Schreck einzujagen und ihn einzuschüchtern.

Der Junge hatte den Kopf zu uns gedreht und lachte immer lauter, als wäre er von Dämonen besessen, während der Karren rumpelnd weiterfuhr. Plötzlich hob Amarinho die Schaufel in Richtung des Jungen, ging einen großen Schritt vorwärts und schrie, als wollte er eine Lanze auf ihn werfen. Der Junge verstummte und peitschte heftig die Pferde. Auf der Straße ließen sie eine große Menge Pferdeäpfel zurück.

„Sollen wir zusammen lernen, Amarinho?", fragte ich, nachdem wir den Pferdemist aufgesammelt und uns die Hände gewaschen hatten. Er nickte.

„Ich hole dein Schulheft!", sagte ich und ging vor. Er hielt mich am Arm zurück und drängte sich nach vorne in Richtung Kinderzimmer. Dort hatten wir einen gemeinsamen Kleiderschrank mit vier Schubladen. Er öffnete seine. Auf der Unterwäsche lag ein altes Heft mit Eselsohren. Er holte es heraus und förderte aus den Tiefen der Schublade einen Bleistift und einen Radiergummi zutage. Wir gingen in den Garten und setzten uns an den großen Tisch.

Er reichte mir Heft und Stift, und während er neben mir wartete, betete er leise: „Jesus, ich will lesen und schreiben lernen. Ich will arbeiten."

In der linken Spalte schrieb ich von oben bis unten das Wort „Amaro" und reichte ihm seine Aufgabe.

Während er seinen Vornamen abschrieb, dachte ich nach. Amaro Junior – er trug den Namen unseres Vaters. Amarinho war sein Spitzname, der kleine Amaro. Er und mein Vater sahen einander ähnlich. Ich schloss die Augen und sah Amarinho im dunkelblauen Overall in einer kleinen Fabrik schwere Kartons tragen.

Die Sonderschule, auf die Amarinho nun ging, lag neben dem Maracanã-Stadion, damals dem größten Fußballstadion der Welt. Aber ich weiß nicht, ob Amarinho das je mitbekommen hat. Ich allerdings schon, denn es war unmöglich, die riesige hellblaue Konstruktion zu übersehen, wenn meine Mutter mich mitnahm, um mich nicht alleine zu Hause zu lassen, wenn mein Unterricht einmal ausfiel. Es war wie ein Tagesausflug. Wenn etwas Geld da war, fuhr sie hin und zurück, damit sie sich um den Haushalt kümmern konnte.

Die Busfahrt durch den Berufsverkehr war lang und abenteuerlich. Wir fuhren um sieben Uhr morgens ab und kamen erst um sieben Uhr abends zurück. Bis zum fünften Lebensjahr fuhren die Kinder umsonst. Ich war mittlerweile sieben. Wir stiegen von hinten ein, zuerst ich, dann Amarinho und schließlich meine Mutter. Kaum hatte sie die Füße auf die erste von den drei hohen Stufen gesetzt, da fuhr der Bus auch schon ab. Sie zahlte beim Schaffner, der mit dem Rücken zum Fenster saß. „Duas!", sagte sie mit fester Stimme und hob Zeige- und Mittelfinger dazu in die Höhe, während ich unter dem Drehkreuz hindurchkroch, das im Gang zwischen dem Schaffner und den Sitzbänken angebracht war. Meistens gab sie ihm das passende Geld für zwei und ich fuhr schwarz. Aber je mehr ich wuchs, desto schwieriger wurde es für mich, unter dem Drehkreuz hindurchzukriechen, vor allem bei den neuen Bussen, deren Drehkreuze bis zum Boden reichten. Sie waren, wie meine Mutter sagte, raffiniert gebaut, nur damit die Kinder nicht schwarz fuhren. Dann fragte ich den Schaffner: „Darf ich über das Drehkreuz springen?" Er benannte einen starken Passagier, der mir dabei half, oder deutete mit dem Zeigefinger an, dass ich klettern sollte. Für Amarinho musste meine Mutter manchmal zwei Fahrkarten kaufen, wenn er das Drehkreuz zu heftig bewegte.

Wenn er hindurchgegangen war, blieb er kurz an der Stelle stehen, wo er die Passagiere gut im Blick hatte. Er suchte sich das schönste Mädchen aus, am besten blond und mit langen Haaren, und platzierte sich neben sie. Er streckte die Beine zu beiden Seiten aus und tat, als ob er schliefe, sodass das Mädchen sich immer näher ans Fenster drängte und er immer mehr Körperkontakt bekam. Bei jeder Kurve in Richtung Fenster fiel er gänzlich über sie, landete aber nicht auf dem Boden, wenn der Bus eine Kurve in die andere Richtung machte.

Meine Mutter und ich saßen meist zusammen, aber wenn der Bus voll wurde, fragte mich ein stehender Passagier: „Hast du die Fahrkarte bezahlt?" Meine Mutter war ehrlich, wenn ich keine hatte. Wir machten ihm einen Platz frei und ich fuhr auf ihrem Schoß weiter.

Es machte mir Spaß, einen ganzen Tag mit meiner Mutter auf dem Schulhof zu verbringen. Außer ihr blieben noch zwei Mütter dort, die nicht hin- und herfahren konnten. Eine von ihnen wohnte in Botafogo, in der Nähe von Copacabana. Eigentlich konnte sie zurückfahren, denn sie brauchte nicht länger als zwanzig Minuten mit dem Bus. Sie sprach leise und gestikulierte mit Kopf und Armen wie eine reiche Frau aus den Telenovelas. Ihre weiße Haut war wunderbar glatt und ihr schwarzes Haar glänzte in der Sonne. Ihre Fingernägel hatte sie in den Pastelltönen ihrer Kleidung lackiert. Jedes Mal, wenn ich sie sah, trug sie etwas anderes, immer mit den dazu passenden Schuhen. Manchmal kam ein Mann und holte sie und den Jungen ab. Er wartete auf der Straße neben seinem

Auto und sprach meine Mutter nie an. Die Frau stellte ihn auch nicht vor. Ihr Sohn ging krumm, wackelte hin und her, und seine Hände und Arme waren steif. Nur seine Mutter verstand, was er sagte. Ich kam nie in seine Nähe, nicht dass ich Angst vor ihm gehabt hätte, aber sie wollte schnell mit ihm verschwinden.

Die andere Frau wohnte in der Mitte zwischen uns und der Schule. Sie redete viel und laut, aber wenn sie mit mir sprach, sank ihre Stimme in einen warmen Ton. Wenn es um Pflanzen ging, konnte meine Mutter mehr sagen als sie, denn wir hatten einen Garten. Obwohl ihre Haare hart wie Stroh waren, hatte sie eine weiße Haut. Ihre Fingernägel waren rot lackiert und passten zu ihrer bunten Kleidung.

Die drei Frauen waren freundlich zueinander. Gemeinsam machten sie bunte Fußmatten aus Stoffresten, strickten oder malten. Das Malen fand meine Mutter langweilig und so lass sie in der Bibel, bis die Frauen damit fertig waren.

Die erste Frau las manchmal Romane und die anderen Frauenzeitschriften. Wenn eine auf die Idee kam, dass sie Bewegung brauchten, ging meine Mutter mit. Was hätte sie sonst tun sollen, allein auf dem Schulhof? Sie liefen im Schneckentempo und unterhielten sich dabei. Meine Mutter verlor kein Wort über unseren Geldmangel. Wenn die beiden Frauen einmal nicht kamen, etwa wegen Krankheit, blieb sie dort auf dem Schulhof alleine sitzen und schlief.

Zwischendurch stand sie auf, schüttelte die Beine aus und schlief dann weiter.

Wenn die Frauen sich auf dem Schulhof unterhielten, sprang ich auf dem Betonboden unter den wenigen hohen Bäumen umher. Unter der Jaqueira, dem einzigen Obstbaum, blieb ich stehen und saugte den süßen Duft der riesigen Früchte ein, die wie grüne Luftballons in Zylinderform dort hingen und deren Haut wie die eines Igels aussah. Diese schönen Früchte waren so schwer wie große Wassermelonen, ich konnte sie nicht alleine tragen. Meine Schwestern mochten sie nicht. Sie behaupteten, sie stänken wie Kacke, wenn man Durchfall hat. Unter diesem Obstbaum sang ich Kinderlieder und rezitierte Gedichte, und wenn ich müde wurde, schlief ich mit dem Kopf auf dem Schoß meiner Mutter ein. Weder die drei Mütter noch ich durften die Schule betreten, außer wenn wir auf die Toilette mussten. Zur Mittagszeit blieben wir sitzen und aßen gemeinsam auf einer der Betonbänke, die rund um die Säulen gebaut waren. Die Frauen probierten voneinander, was sie gekocht hatten. Sie luden sich nie gegenseitig nach Hause ein, auch nicht, wenn ihre Söhne Geburtstag hatten.

KAPITEL 7

„Dauert es noch lange?", fragte ich Schwester Madalena. Wir standen allein auf dem Kirchhof. Meine Mutter hatte mich zur Hochzeitsprobe gebracht und wollte später zum Gottesdienst wieder herkommen. Ich sah zu, wie die kürbisfarbene Sonne von dunklen Wolken verschlungen wurde. Ungeduldig hüpfte ich von einem Fuß auf den anderen.

„Néia kommt gleich", antwortete Schwester Madalena und warf einen Blick auf ihre Armbanduhr. „Mit Anjinho", fügte sie hinzu.

„Können wir nicht ohne sie proben?"

„Weißt du denn, wie du in die Kirche hineingehst?"

Ich zog meine Sandalen aus. „Aua!", rief ich. Der Zementboden war immer noch heiß von dem sonnigen Tag. Ich hielt die Sandalen fest vor der Brust, als wären sie das Strickkörbchen mit den Trauringen, das ich zum Altar tragen würde, und ging langsam ein paar Schritte in Richtung der Kirchenküche, die die Gemeinde-mitglieder auf dem Hof bewirtete. Die beiden hölzernen Fensterläden standen offen. Es roch nach gebratenen Sardinen. Mein Magen knurrte.

„Gibt es heute Brötchen mit gebratenen Sardinen, Schwester?", fragte ich eine ältere Frau, die hinter dem Tresen stand. Sie nickte. Ich tastete in meinen Rocktaschen nach ein paar Münzen, fand jedoch nur ein altes Stück Papier.

„Einen schönen bunten Rock hast du!", rief Schwester Madalena.

Es war mein Lieblingsrock, ein schwingender Rock, von Mama genäht. Ich lächelte. Wieder schaute sie auf ihre Armbanduhr.

„Wir könnten noch ein Fischbrötchen essen", schlug sie vor. Ich würde sie niemals um ein Fischbrötchen bitten, aber wenn sie es mir schon anbot und wo ich doch so hungrig war ... Ich blickte zu Boden.

„Zwei Fischbrötchen!" Sie machte eine Pause und sagte dann leise: „Auf Rechnung, bitte!"

Die alte Schwester lächelte und reichte uns zwei zugeklappte Brötchen mit gebratenen Sardinen.

Schwester Madalena aß ihr Brötchen langsam. Ich hatte mich so gierig darauf gestürzt, dass ich nur noch das letzte Stück in der Hand hielt, als Néia mit Anjinho angelaufen kam. Néia, die viel älter als Schwester Madalena war, leitete jedes Jahr die Proben für die Weihnachtsaufführung.

„Wir müssen uns beeilen", sagte Néia, während sie ein weißes Taschentuch mit einem aufgestickten großen N hervorholte und sich damit den Schweiß von

Gesicht und Hals wischte. Dann begrüßte sie Schwester Madalena mit zwei Küssen auf die Wange.

Anjinho schaute mit großen Augen auf mein letztes Stück Fischbrötchen.

„Wir dürfen nicht in der Kirche essen", sagte ich und bot es ihr an. Sie lehnte ab. Ich schob den letzten Bissen in den Mund und leckte mir die Lippen.

„Gleich kommen die ersten Schwestern und Brüder zum Gottesdienst und wir können nicht mehr proben", sagte Néia.

Es war schnell dunkel geworden. Anjinho und ich liefen an der Kirchenmauer entlang zum Haupteingang. Es roch nach frischer Farbe. Kirche und Mauer waren frisch gestrichen – himmelblau. Vorsichtig tastete ich die Außenwand neben der offen stehenden Eingangstür ab. Meine Finger färbten sich blau. „War der Anstrich wegen der Hochzeit?", fragte ich.

„Nein, mein Liebling", antwortete Schwester Madalena, „aber natürlich freue ich mich darüber."

„Also, du stehst hier, Madalena, drei Schritte von der ersten Stufe entfernt", unterbrach Néia. „Du und Anjinho, ihr bleibt genau hier nebeneinander." Néia stampfte mit dem Fuß auf den Boden vor der ersten Stufe. Ich schwitzte und versuchte immer noch, den letzten Rest Brötchen herunterzuschlucken.

„Habt ihr verstanden?"

Wir nickten. Anjinho nahm meine Hand und zog mich an die richtige Stelle. Ich hatte einen trockenen

Mund. Ich wollte schlucken. Da spürte ich, wie eine Fischgräte quer in meinem Hals stecken blieb.

„Madalena, du musst genügend Abstand zu den Mädchen halten wegen deines Kleides."

Meine Beine wurden schwach.

„Achtung! Ganz gerade stehen!" Néia machte es uns vor und Anjinho tat es ihr nach. Ich griff nach Anjinhos Armen, um mich aufrecht zu halten. Der Schweiß tropfte mir von der Stirn.

„So hältst du das Körbchen mit den Ringen", sagte Néia zu mir, während sie die Hand vor die Brust hielt, „und du, Anjinho, du hältst deinen kleinen Strauß nach oben."

Ich hielt Anjinhos Unterarm fest, um nicht zu fallen, während sie ihren imaginären Strauß hochhob.

Ich wollte nicht zeigen, dass mir schlecht war. Auf diese Probe hatte ich mich so sehr gefreut. Ich drehte mich zu Schwester Madalena um. Zuerst lächelte sie mich an, dann wandelte sich ihr Lächeln in Sorge. Ich nickte nur. Sie eilte zu mir und hielt mich fest.

„Gräte ..." brachte ich schwach heraus. Mein Zeigefinger deutete auf meinen offenen Mund und dann auf die Kirchenwand.

„Wir haben keine Zeit für Theater!", rief Néia. „Der Gottesdienst beginnt gleich."

„Aber diesem Kind geht es schlecht", sagte Schwester Madalena.

„Schlecht? Vorhin hüpfte sie noch wie ein Frosch!"

„Oh Gott!", rief Anjinho.

Nein, lieber Gott! Ich will noch nicht zu dir!", betete ich in stiller Angst. Ich öffnete den Mund, um Luft zu schnappen und hustete schwach.

„Komm", Schwester Madalena hielt meinen Arm, führte mich zur Wand und klopfte mir auf den Rücken. Ich übergab das Fischbrötchen an die himmelblaue Kirchenwand.

„Anjinho, schnell! Hol ihr ein Glas Wasser!", befahl Schwester Madalena und setzte mich auf die erste Stufe am Eingang mit dem Rücken zur Kanzel. Ich sabberte.

„Gib mir dein Taschentuch, Néia!"

„Ich weiß nicht, wo es ist. Ich hole Toilettenpapier." Néia verschwand.

Es war mir so peinlich. Das, was vom Fischbrötchen übrig war, roch übel, und sofort kamen die Fliegen.

Anjinho erschien mit einem Glas Wasser. Schwester Madalena gab mir einen Schluck zum Ausspucken und einen zweiten zum Herunterschlucken. Mit dem restlichen Wasser wusch sie mir den Mund ab. Néia brachte Toilettenpapier und fragte: „Also, wann wollen wir weiterproben?"

„Heute nicht mehr, Néia, ein anderes Mal."

Madalena tupfte mir mit dem Papier den Mund ab. Jetzt spürte ich, wie heiß die Stufe war, auf der ich saß. Der Schweiß lief mir über das Gesicht. Die Angst vor dem Sterben ließ mich nicht los, obwohl ich wieder besser atmen konnte.

„Anjinho, bringen wir sie in die Kirche", befahl Schwester Madalena.

Ich setzte mich auf den ersten Stuhl am Gang. Schwester Madalena blieb bei mir stehen und strich mir übers Gesicht.

„Anjinho, bleib bei ihr, während ich draußen sauber mache."

Durch die offene Tür hörte ich das Schütten von Wasser auf dem Boden und das Kehren eines Besens.

„Geht es dir besser?", wollte Anjinho wissen.

„Ja, aber ich habe immer noch das Gefühl, dass hier eine Gräte steckt." Ich deutete auf meinen Hals.

„Er ist bestimmt zerkratzt", sagte Anjinho zu Schwester Madalena, die zurückgekommen war.

„Nein, das ist nur ein Gefühl", entgegnete sie. Sie stand wieder bei mir.

Vom Eingang her hörte ich Schritte.

„Gottes Frieden, Diakon Dirceu!"

„Gottes Frieden, Schwester Madalena", grüßte er mit seinem Stoffhut in der Hand. „Was ist mit diesem Mädchen passiert?"

Schwester Madalena erzählte ihm alles und streichelte dabei meinen Hinterkopf.

„Ich kann besser atmen, aber ich spüre noch die Gräte im Hals", fügte ich hinzu.

Sie bat ihn, für mich zu beten.

„Ich hole im Büro des Pastors das Salbungsöl", sagte Diakon Dirceu und entfernte sich mit großen Schritten.

Er kam mit einem Fläschchen Olivenöl in der Hand zurück. „Knie dich hin!"

Ich gehorchte. Die drei anderen streckten die Hände über meinen Kopf. Ich schloss die Augen und er begann zu beten:

„Herr Jesus, wir sind hier in deinem Namen versammelt, um die Heilung dieses Mädchens zu erbitten. So, wie sie gesund in dein Haus gekommen ist, möge sie es geheilt verlassen. Ich salbe dich mit diesem Öl im Namen des Vaters und des Sohnes und des Heiligen Geistes, Amen!"

Ich stand auf.

„Wie sieht es denn jetzt aus, Mädchen?", fragte Diakon Dirceu und lächelte mich an. Es war ein schönes Lächeln. Ich schluckte trocken.

„Geben Sie ihr einen kleinen Löffel Maniokmehl, Schwester Madalena, und dann Wasser zum Nachspülen."

„Was ist mit der Probe, Schwester Madalena?", fragte ich und hielt ihre Hand.

„Wir holen sie nach."

Schwester Madalena blieb bei mir, bis die Brüder und Schwestern zum Gottesdienst hereinkamen.

Als meine Mutter schließlich erschien, sang ich schon wieder im Kinderchor.

KAPITEL 8

Seitdem ich mich erinnern kann, hatte ich eine Lieblingsstelle, wo ich mich stundenlang aufhielt. Ich kletterte auf die steinernen Bänke, die entlang der Innenseite unserer Vorgartenmauer angebracht waren und streckte meinen Kopf in eine Lücke zwischen den Wellen oben auf der Betonmauer. Unser Haus lag an der Stelle, wo die Straße leicht abfiel und eine Mulde bildete. Nach dem üblichen Regen im Sommer sammelte sich dort spätnachmittags das Wasser und formte einen kleinen See. Wenn der Regen nachließ, planschten die Nachbarsjungen darin.

Von dort aus sah ich morgens die Kinder zur Schule gehen und die Erwachsenen auf ihrem Weg zur Bushaltestelle. Nachmittags sah ich die Jungen, die Fußball spielten oder ihre Drachen lenkten und die Straßenköter, die nach etwas Essbarem suchten. Ich sah Leute, die unter den Ficusbäumen Zuflucht vor der sengenden Sonne suchten. Und ich sah meinen Vater, wenn er nach Feierabend an der Straßenecke auftauchte. Dann sagte ich meiner Mutter Bescheid: „Papa kommt."

Ihre Antwort kam im selben lauten Ton: „Zieh deine Havaianas an!"

Schnell suchte ich meine Sandalen, die irgendwo im Garten lagen und rannte meinem Vater entgegen. Ich riss ihm seinen Henkelmann aus dem Arm und trug ihn mit einer Hand, während er meine andere hielt, und wir gingen gemeinsam den Weg bis zu unserem Haus. Im Hintergarten wusch er sich die Hände am Waschtrog.

„Ich freue mich auf das Wochenende", sagte er, während er in die Küche ging, um seinen Henkelmann auszupacken, und ich kehrte zu meiner Lieblingsstelle zurück.

Das Haus gegenüber gehörte Dona Zilda und Senhor Osvaldo, einer weißhäutigen Familie. Der Eingang lag zur nächsten Querstraße. Ich konnte nicht weit in den Hintergarten schauen, sondern sah nur die Krone eines Mangobaums und ein weißes Häuschen, dessen Tür in unsere Richtung zeigte.

Meine Augen suchten nichts Bestimmtes an jenem Freitag. Da entdeckte ich eine schwarze Gestalt mit langem Hals, die sich aus dem weißen Häuschen hinausbewegte und unter dem Mangobaum verharrte. Es war die Hausangestellte unserer Nachbarn. Sie trug einen weißen Turban und breite silberne Ohrringe, die das gleißende Sonnenlicht reflektierten. Die Frau bewegte sich auf ein hölzernes Seitentor zu, das meinem Lieblingsplatz gegenüberlag, und trat auf den Bürgersteig. Die Hausangestellte, eine große dünne

Frau, älter als meine Mutter, war von Kopf bis Fuß in weiß gekleidet, der Farbe der Macumbeira-Religion. Sie trug eine Bluse aus Baumwolle, einen langen Rock, der ihr bis zu den Knöcheln reichte, und weiße Pantoffeln. So angezogen schien sie mir noch länger als eine Bohnenstange. Dann wurde ich abgelenkt, als sieben Autos auf der Straße entlang des Hauses parkten. Alle, die ausstiegen, waren ganz in weiß gekleidet, Männer wie Frauen. Die Frauen trugen weiße Rosen und rote Palmen und die Männer Schlaginstrumente. Die Hausangestellte ließ einen nach dem anderen durch das kleine Holztor in den Garten. Als der letzte Gast eingetreten war, schaute sie giftig zu mir herüber und schlug das Tor zu. Ich erschrak. Sie versammelten sich unter dem Mangobaum, dann führten Dona Zilda und Senhor Osvaldo, die ebenfalls weiße Turbane trugen, die Gäste nacheinander in das weiße Häuschen. Bevor die Hausangestellte bei der Familie angefangen hatte, waren Dona Zilda und Senhor Osvaldo katholisch gewesen.

Später, als wir in unserem Hintergarten zu Abend aßen, drang ein schriller Schrei aus dem Garten der Nachbarn zu uns herüber. Ich hörte weder die Geräusche meines Bestecks noch meine eigene Stimme, nur das Bellen von Pelé und unserem neuen Hund. Er hieß Veludo, was „Samt" bedeutet, weil sein glattes schwarzes Fell in der Sonne glänzte. Er heulte ununterbrochen. Mein Vater schrie Veludo an. „Fica quieto!" Aber er beruhigte sich nicht. Nach dem Essen gingen wir ins Haus und meine Mutter las uns Kindern aus der Bibel den 91. Psalm vor: „Es wird dir kein Übel begegnen, und keine Plage wird deiner Hütte sich nähern. Denn er hat seinen Engeln befohlen über dir." Wir sangen und beteten gegen das Böse, das sich im Nachbarhaus abspielte. Dort wurde es noch lauter, die Frauen stöhnten weinerlich, während die Trommeln immer schneller und stärker schlugen. Als wir ins Bett gingen, schrien die Männer, als würden sie gefoltert. Ich schloss die Augen fest zu und bat im Stillen Jesus um Schutz vor dem Bösen, bis ich vor Müdigkeit einschlief. Am Samstagmorgen hörte ich von meinem Bett aus die letzte Trommel und den Gesang, und danach fuhren die Wagen davon.

Ich kam im Pyjama mit einer Schüssel aus der Küche in den Garten, wo meine Mutter das Laub an der hohen Betonmauer zu unserer Nachbarin Dona Bibi kehrte. Von der anderen Seite legte uns eine schwarze Hand reife und feste Fallmangos auf die Mauer. Es war die Hand unserer Nachbarin Dona Bibi. Ich kletterte auf einen alten Zinkeimer, stellte mich auf die Zehenspitzen und legte die Früchte in die Schüssel. Die Nachbarsfamilie mochte keine Mangos. In ihrem Garten wuchsen zwei Mangobäume, einer mit Früchten so klein wie Hühnereier, die des anderen waren etwas größer. Beide schmeckten wie Honig.

„Ich mache Saft zum Frühstück", rief meine Mutter, als ich mit der Schüssel vom Zinkeimer steigen wollte, „und Eis für den Nachtisch."

„Bom dia, Dona Bibi!", grüßte meine Mutter unsere Nachbarin, die uns hinter der Mauer den Kopf entgegenstreckte. Meine Mutter stieg auf Gerümpel und stützte sich zwischen unseren Bananenbäumen ab. Die beiden Frauen standen über eine Stunde lang und unterhielten sich. Dona Bibi lachte nie, aber sie sprach sanft und leise mit uns. Ich mochte sie, aber ich wusste nicht, ob sie viel zu reden hatte. Denn wie ich beobachten konnte, bekam sie kaum Besuch. Sie ging nur hinaus, um vor ihrem Haus zu kehren und um sonntags abends die Messe in der Kirche Santa Bárbara zu besuchen. Da sah ich sie, wenn wir auf dem Weg zum Gottesdienst in unserer eigenen Gemeinde waren und sie nach der Messe aus ihrer Kirche kam.

Beim Frühstück hörte ich, dass auf der Straße etwas los war. Ich dachte zuerst an eine Schlägerei. So etwas kam nicht häufig vor, wäre aber durchaus möglich gewesen. Ich hörte die Lautsprecherdurchsage eines Wagens, der die kostenlose Tollwutimpfung für Hunde ankündigte: „Vacinação de cães contra raiva!"

„Papa!", rief ich aus der Küche. „Veludo und Pelé impfen!"

Die Stimme im Lautsprecher verhallte und das Hundegebell wurde wieder lauter. Amarinho und ich machten Veludo los und nahmen ihn an die Leine, während mein Vater sich um Pelé kümmerte. Eigentlich sollten er und Amarinho die Hunde führen. Stattdessen zogen die Tiere ihre Herrchen zum Gartentor in Richtung des Gebells. Ich ließ sie alle durch, trat auf den Bürgersteig und schloss rasch das Tor hinter mir, damit die vorbeilaufenden Hunde nicht in unseren Garten kamen. Die Hundebesitzer schrien vergeblich: Ihre Hunde sprangen wild umher und wollten sich losreißen. Alle waren Wachhunde, sowohl reinrassige als auch ‚Vira-lata', Straßenköter wie unsere.

Pelé und Veludo zogen uns kräftig hin und her und mitten über die Straße zu den anderen Hunden. Wir marschierten in Richtung meiner Schule, wo die Impfung stattfand. Für den Weg, den ich alleine in fünf Minuten zurücklegte, brauchten wir mit Pelé und Veludo eine Viertelstunde. Entlang der Schulmauer hatte sich eine Schlange gebildet. Mein Vater erkannte Freunde und Bekannte und ließ uns immer wieder allein an unserem Warteplatz, um mit ihnen ein paar Worte zu wechseln.

Auf dem Schulhof standen Soldaten in Kampfuniform vor einer improvisierten Praxis mit Tischen und Stühlen aus Klassenräumen, um die Impfungen durchzuführen. Wir hielten Pelé und Veludo fest, während zwei Soldaten ihnen die Spritze verpassten. Danach überreichte uns ein anderer Soldat die Impfscheine, auf denen „Pelé" und „Veludo" stand und die Gültigkeitsdauer der Impfung: ein Jahr.

Als wir zurückkehrten, ließ Pelé die Zunge heraushängen, und Veludo verkroch sich müde in seine Holzhütte unter dem Sternfruchtbaum, an der Mauer zu Dona Bibis Garten.

„Amarinho", rief mein Vater, „gib den Hunden frisches Wasser!"

Ich ging mit in die Küche, wo meine Mutter das Mittagessen zubereitete. Er erzählte die Neuigkeiten aus der Nachbarschaft: Einer war Großvater geworden, der andere ging in Rente und eine Frau, die sehr katholisch gewesen war, besuchte jetzt eine evangelikale Gemeinde. Sie verteilte unter den Hundebesitzern in der Schlange Flugblätter über Jesus, zusammen mit einer Frau, die früher die Macumba-Religion praktiziert hatte. Meine Mutter sah ihn ernst an und nickte.

Am Nachmittag ging ich zu meiner Lieblingsstelle. Aus den Nachbarhäusern hörte ich Sambamusik, die die Kirchenlieder aus unserem kleinen Küchenradio übertönte. Fern hinter dem Hügel verschwand langsam die Sonne. Sie strahlte noch und blendete meine Augen, so dass ich den Kopf in die Gegenrichtung drehte, dorthin, wo Dona Bibi wohnte. Schon kam sie mit einem Besen aus dem Gartentor und begann zu kehren. Sie lief in gebeugter Haltung, ihr Kopf hing nach vorn. Sie war vom Turban bis zu den Pantoffeln in weiß gekleidet. Ich schaute über ihren Kopf hinweg zur Straße und entdeckte unter einem Ficusbaum eine weiße Menschentraube, die sich in unsere Richtung bewegte. Mein Herz begann hastig zu schlagen. Rasch stieg ich von der Steinbank und lief ins Haus.

Im Haus von Dona Bibi sangen, trommelten und schrien Frauen und Männer wie in Trance. Der Lärm war noch lauter als in jener Nacht bei Dona Zilda und Senhor Osvaldo. Veludo bellte, bis er heiser war.

„Sei ruhig", sagte ich leise zu mir selbst. „Du brauchst Ruhe."

Meine Geschwister und ich warteten im Kinderzimmer auf unsere Mutter, um vor dem Einschlafen zu beten. Als sie kam, sagte sie: „Sie sind alle vom Teufel besessen."

In unseren Schlafanzügen stellten wir uns mit ihr im Kreis auf, hielten uns an den Händen und beteten laut den 91. Psalm: „Es wird dir kein Übel begegnen, und keine Plage wird zu deiner Hütte sich nahen. Denn er hat seinen Engeln befohlen über dir."

In der Nacht träumte ich von Dona Bibi, die als schwarzer Teufel zum Fenster hereinkam und eine Lanze gegen mich richtete. Ich wachte auf und schlief erst wieder ein, als es hell wurde.

Ein paar Tage später, als ich wie üblich die Schüssel aus dem Küchenschrank holte, um im Garten die Mangos von Dona Bibi einzusammeln, spürte ich, wie eine Hand meinen Arm packte und mich in die Küche zurückzog.

„Não!", rief meine Mutter. „Diese Mangos sind Opfergaben für den Teufel."

Sofort stellte ich die Schüssel zurück.

In der darauffolgenden Nacht weckte mich meine Mutter unsanft: „Wach auf!" Sie zog mir das Bettlaken vom Gesicht. Das Schlafzimmer lag im Dunkeln und ich hörte meine Geschwister schnarchen. Meine Mutter saß auf meinem Bett.

„Ist Nachtwache in der Kirche, Mama?"

„Nein", flüsterte sie.

Die Nachtwache war meist von Freitag auf Samstag, weil die Frommen am Wochenende nicht arbeiteten, wenn sie bis zum Morgen beteten, während ich stattdessen auf den Knien vor dem Stuhl schlief und nur in der Pause für Butterbrote und Saft aufwachte. Ich war erleichtert, dass es keine Nachtwache war. Also dann ... „Wer ist gestorben, Mama?"

„Eine alte Schwester. Sie war sehr krank."

„Müssen wir unbedingt zur Totenwache gehen?" Ich drehte mich zur Wand und gähnte.

„Schnell! Steh auf und zieh dich an!"

Meine beiden Schwestern, die aufgewacht waren, kicherten. So ein Pech, die Jüngste zu sein! Ich wurde überall mit hingeschleppt.

Das kleine Haus der verstorbenen Schwester lag auf dem Weg zu unserer Kirche, in der Straße des Wochenmarkts. Wir waren noch nie bei ihr gewesen. Fast immer, wenn wir vorbeikamen, hatte sie mit ihrer Familie auf dem Bürgersteig vor dem Haus gesessen.

„Guten Abend!", hatte sie uns immer gegrüßt, und meine Mutter hatte mit Kopfnicken geantwortet. Seit einiger Zeit saß nur noch ihre Familie vor dem kleinen Haus.

Ich erinnerte mich an einen Abend, als die alte Frau einen Gottesdienst in unserer Kirchengemeinde besucht hatte. Sie hatte abgemagert und krank ausgesehen.

„Wer Jesus seine Seele geben möchte", hatte Pastor Paulo nach seiner Predigt gesagt, „der erhebe jetzt die Hand zum Herrn." Er hatte seine Hand gehoben und wartend von seiner Kanzel über die Gemeinde geschaut.

Eine wacklige Hand hatte sich gezeigt, die Hand der alten Frau.

„Treten Sie vor, wir werden für Sie beten, Senhora!"

Meine Mutter hatte sich erhoben und der alten Frau geholfen, sich vor der Kanzel niederzuknien.

„Beten wir, dass Jesus diese Frau retten und heilen möge", hatte unser Pastor gerufen.

Nun war die Frau zum Himmel gefahren.

Als am Morgen der Sarg endlich verschlossen wurde, war ich erleichtert, denn die Schwester war nach fast vierundzwanzig Stunden aufgedunsen und stank nach Verwesung. Sie wurde mit dem Leichenwagen zum Friedhof transportiert, während wir und die Angehörigen mit dem Bus fuhren. Wenn die Familie es sich hätte leisten können, wäre die Trauergesellschaft in einem gemieteten Bus gefahren.

Auf dem Friedhof fanden unter der glühenden Sonne gleichzeitig mehrere Beerdigungen statt, jede mit etwa 100 Menschen. Wir mussten zwischen den Gräbern hin- und herspringen und durch die Lebenden gehen bis zu dem Ort, an dem die alte Schwester beigesetzt wurde. An ihrem Grab hielt Pastor Paulo einen Gottesdienst mit Leidensgesängen. Am Grab nebenan wurde mit einem Macumba-Ritus Abschied genommen. Die Menschen, von Kopf bis Fuß in weiß gekleidet, zündeten bei schrillen Gesängen weiße, rote und schwarze Kerzen an. Ein Mädchen in meinem Alter wurde ohnmächtig und musste fortgetragen werden. Ich bekam Gänsehaut. Hinter uns auf dem Hauptweg marschierte eine Prozession vorbei. Ein

Priester im weißen Umhang mit einem Kruzifix um den Hals sang Litaneien. Hinter ihm wurde ein Sarg getragen.

Ich schloss mich den anderen Kindern unserer Gemeinde an und gemeinsam suchten wir uns Ablenkung. Die fanden wir unter den Mangobäumen. Es war Sommeranfang, also Mangozeit. Erstaunlicherweise waren es gerade die Mangos auf den Friedhöfen, die am meisten dufteten und besonders lecker aussahen. Wir sammelten ein paar Früchte vom Boden auf und ich musste gegen mich selbst kämpfen, um sie nicht mit nach Hause zu nehmen. Wie konnten diese Mangos so appetitlich und die Blätter so grün sein, wenn sie doch zwischen Gräbern auf dem Friedhof wuchsen? Gerade deswegen wollte ich sie nicht essen und legte sie alle wieder auf den Boden. Es gab auf dem Friedhof auch andere Obstbäume wie Jamelão. Die hohen Bäume mit ihren dünnen Blättern spendeten uns in der Hitze Schatten. Die Früchte waren wunderschön, nicht größer als die aus unserem Garten. Sie sahen wie schwarze Oliven aus und ich hatte gehört, dass die Indianer sie als Früchte der Götter bezeichneten. Sie glänzten, als ob jemand sie poliert hätte. Dann erinnerte ich mich an Guave, auch eine köstlich duftende Obstsorte, die ich im Winter auf Friedhöfen sah. Es war wirklich schade.

„Kind, wirf mir so viele von den Mangos in diese Plastiktüte wie du kannst! Es wäre schade, sie hier zurückzulassen." Es war die Grabfrau, die so gerne zu Beerdigungen ging. Ich nahm ihre verknautschte Plastiktüte.

Als meine Mutter und ich endlich zu Hause ankamen, wuschen wir uns zuerst draußen am Waschtrog die Hände, bevor wir das Haus betraten. Ich duschte mich lange mit viel Seife und Schaum. Ich zog frische Kleidung an und warf die Sachen, die ich auf der Beerdigung getragen hatte, zur schmutzigen Wäsche. In dieser Nacht schlief ich unruhig und hatte Angst vor der Dunkelheit.

Die ganze Nacht hatte es in Strömen gegossen und Wasser war durch ein Loch in Veludos Holzhütte gelaufen, so dass er ganz nass war.

Als mein Vater an diesem Abend von der Arbeit kam, sagte ich: „Veludo kann sich eine Erkältung holen."

Er schickte mich zu Senhor Osvaldo, um dessen Säge auszuborgen. Er musste die Hundehütte flicken. Von seiner eigenen Säge fehlte die Hälfte der Zähne. Ich dachte daran, wie Senhor Osvaldo ganz in weiß gekleidet seine Gäste empfangen hatte und sie dann die ganze Nacht getrommelt und geschrien hatten. Ich zögerte.

„Geh schon!", sagte mein Vater zu mir, „solange es noch trocken ist."

Als ich unser Gartentor hinter mir geschlossen hatte und auf das weiße Häuschen zu ging, fühlte ich mich schwach, so als würde ich gleich ohnmächtig, wie das Mädchen auf dem Friedhof. Während ich die Straße überquerte, flüsterte ich: „Es wird dir kein Übel begegnen, und keine Plage wird deiner Hütte sich nähern. Denn er hat seinen Engeln befohlen über dir." Vor dem kleinen Holztor blieb ich stehen.

„Senhor Osvaldo!" Ich hörte kaum meine eigene Stimme. Ich atmete tief ein und rief noch einmal: „Senhor Osvaaaldooo!" Er kam sofort, als hätte er direkt hinter dem kleinen Tor gestanden. Ich sagte ihm, was ich wollte, er holte die Säge, ich bedankte mich und lief nach Hause.

Während mein Vater, der keiner Religion angehörte, sich gut mit der Familie von Senhor Osvaldo verstand, vermied meine Mutter längere Gespräche mit Dona Zilda. Sie grüßte sie höflich, aber distanziert. Die beiden Männer jedoch plauderten oft, während sie den Bürgersteig fegten. Meist über Politik.

Als mein Vater seine Arbeit an der Hundehütte vollendet hatte, reichte er mir die Säge: „Bring sie zurück."

Ich hielt sie am Schaft hoch und ging damit zum Nachbarn. „Senhor Osvaldo!", rief ich aus voller Kehle. Das Tor wurde geöffnet und die Hausangestellte stand vor mir. Sie streckte die Hand aus, nahm die Säge mit den Fingerspitzen und schloss wortlos das Tor vor meiner Nase. Ich bekam Gänsehaut.

An meiner Lieblingsstelle konnte ich wirklich die Zeit vergessen. Ich verspürte weder Hunger noch Durst, nicht einmal die brennende Sonne auf meinem Kopf nahm ich wahr, bis ich die Stimme meiner Mutter hörte, die aus dem offenen Schlafzimmerfenster kam. Ich schaute in die Richtung und entdeckte ihr schwarzes Gesicht, als sie rief: „Weg mit dem Kopf aus der Sonne, Mädchen!"

Ich sprang von meiner Lieblingsstelle herunter und kletterte auf den Sternfruchtbaum, der für mich leicht zu erklimmen war. Seine Äste voller Blätter verdeckten die Sonne. Immer wieder pflückte ich eine gelbe Sternfrucht und aß sie. Es war ein erfrischendes Gefühl. Ich blieb auf einem Ast sitzen und linste ins Haus von Dona Bibi. Im Wohnzimmer standen Heiligenfiguren auf Altären, wie es bei vielen Katholiken üblich war. An der Wand daneben aber sah ich eine lebensgroße menschliche Figur. Der Anblick bereitete mir Gänsehaut. Es war ein roter Teufel mit spitzen Ohren und Zähnen. Er trug einen schwarzen Umhang und hielt eine rote Lanze quer vor der Brust. Solche Gipsfiguren hatte ich am Eingang des Macumba-Ladens gesehen. Ich flehte das Blut Jesu auf dem Kalvarienberg an als der Wachhund der Nachbarin mich entdeckte und knurrend an der Mauer hochsprang. Das brachte unseren Veludo, der ruhig unter mir an den Sternfruchtbaum pinkelte, aus der Fassung. Er sprang und bellte den Feind an, bis Dona Bibi kam, um nachzusehen, was passiert war. Sie trieb ihren Hund fort und schaute mich scharf an. Ich stieg herunter. Veludo trank Wasser aus seinem Napf und legte sich in seine Hütte.

Ich saß meiner Mutter gegenüber am Küchentisch und frühstückte, während sie die schwarzen Bohnen auslas. Von der Straße hörte ich Lärm.

„Was ist denn los, Mama?", fragte ich mit vollem Mund. „Schon wieder eine Hundeimpfung?"

„Cosmas und Damian, was sonst!", antwortete sie ganz nebenbei.

Ich aß mein Brot, trank schnell meinen frischgepressten Orangensaft aus und ging zu meiner Lieblingsstelle im Garten. Ich sah Dutzende von Frauen, die aussahen, als wären sie gerade aus dem Bett gekommen. Sie trugen Babys, Einkaufstüten und Rucksäcke. Kinder in jedem Alter liefen mit. Als eine der Frauen mich sah, rief sie mir über die Straße hinweg zu: „Weißt du, wer hier Süßigkeiten verschenkt?" Schnell kamen noch andere dazu. Sie wollten alle dasselbe wissen.

„Nein, ich weiß es nicht", rief ich zurück, und sie verschwanden. Es war der 27. September, der Cosmas und Damian-Gedenktag der Macumba-Religion.

Dona Bibi kam an ihr Gartentor, winkte einigen Kindern auf der Straße zu, und sofort sammelte sich eine Menschenmenge vor ihrem Haus. Mit ausgestreckten Händen bettelten Frauen und Kinder um Süßigkeiten. Dona Bibi hatte keine Süßigkeiten in der Hand, sondern eine Tüte voller Zettel. So war die Tradition in der Macumba-Religion: sie verteilten entweder Süßigkeiten vor ihren Häusern oder Zettel, auf denen ihre Adressen und die Uhrzeit standen, zu der die Kinder später zurückkommen sollten, um ihre „Cosmas und Damian", wie die Süßigkeiten genannt wurden, abzuholen. Nur diejenigen bekamen „Cosmas und Damian", die die Zettel vorzeigten.

Ich blieb an meiner Stelle und schaute dem Spektakel zu, bekam jedoch weder Zettel noch Süßigkeiten. Die Nachbarn wussten, dass wir nicht ihre Tradition pflegten. An diesem Tag verteilten sie Süßigkeiten an die Kinder, deren Beschützer die beiden Zwillingsheiligen waren. Da wir als Evangelikale keine Heiligen verehrten, bekamen wir Kinder auch keine Süßigkeiten.

Am nächsten Tag hatten alle Kinder aus meiner Schulklasse Tüten mit Süßigkeiten dabei. Sie verglichen und tauschten in der Pause untereinander, was sie bekommen hatten, während ich mich mit meinem Butterbrot im Hintergrund hielt und mir wünschte, die Pause möge so schnell wie möglich vorbei sein. Neben mir saß Sara, ein ruhiges und freundliches Mädchen. Sie erzählte nicht viel und hörte oft nur zu. Wir waren keine Freundinnen, obwohl wir uns gut verstanden. Sie wohnte irgendwo oben in der Favela und wie bei allen anderen Mitschülern, die dort lebten, war ihre Uniform sehr gepflegt. Sie brachte nie ein Pausenbrot mit, sondern aß nur, was die Schule umsonst anbot. Auch Sara ging an diesem Tag in der Pause nicht zur Schulkantine, sondern blieb im Klassenraum, weil sie eine Tüte voller Süßigkeiten hatte. Ich verspürte keinerlei Appetit auf mein Butterbrot wie an den anderen Tagen und rührte es nicht an. Stattdessen saß ich still auf meinem Stuhl und sah nur Sara mit großen Augen zu, wie sie ein Bonbon nach dem anderen in den Mund schob. Sie schaute mich wortlos an. Sie wusste, dass ich evangelikal war, denn nur die evangelikalen Kinder aßen keine Cosmas und Damian. Die Pause kam mir so lang vor wie nie, aber kurz vor dem Ende streckte Sara mir über den Gang hinweg die Hand entgegen mit einem kleinen rosa Bonbon in einem durchsichtigen Papier. Ohne sie aus den Augen zu lassen, nahm ich es an, packte es aus und steckte es in den Mund. Es war nicht der Hunger, sondern die Verlockung, der ich nicht zu widerstehen vermochte. Ich fühlte mich elend in meiner Haut, denn ich hatte gesündigt. Aber mir fehlte der Mut zu beichten.

Eines Tages, während meinen Geschwistern und ich auf meine Lieblingsstelle hinauf und wieder hinuntersprangen, rief Dona Zilda von der anderen Straßenseite nach meiner Mutter, die gerade das Laub vor dem Haus fegte. Dona Zildas Haushälterin kam herübergelaufen und übergab meiner Mutter die Hälfte eines riesigen Geburtstagskuchens. So viel Kuchen hatten wir noch nie bekommen.

„Essen wir den Kuchen, Mama?", fragte ich, obwohl ich wusste, dass wir nie die Erlaubnis bekämen, einen so schönen Sahnekuchen dekoriert mit bunten kugelförmigen Gummibärchen essen zu dürfen.

„Auf keinen Fall", antwortete meine Mutter mit strenger Miene.

Sie brachte ihn gar nicht erst ins Haus, sondern ging direkt zum Hintergarten zwischen Pitanga- und Granatapfelbaum, außer Sichtweite unserer Nachbarin, und stellte den Kuchen zwischen den Kürbisblättern ab. Wir blieben ganz still um den Kuchen herum stehen und sahen zu, wie meine Mutter eine große Schaufel holte. In diesem Moment ahnten wir, was sie vorhatte. Wie schade es doch war! Sie grub ein tiefes Loch. Dann nahm sie den schönen Kuchen und legte ihn sorgfältig hinein, und wir sahen zu, wie sie ihn mit Erde bedeckte.

Unser Veludo war angebunden, nicht weit weg von dem Ort, an dem der Kuchen vergraben war. Er bellte unruhig und so ließ meine Mutter ihn frei und erlaubte uns, mit Veludo im Garten zu spielen. Das war ein kleiner Trost. Wir riefen: "Veludo!" und liefen schnell fort. Wir wollten mit ihm ums Haus rennen, aber er wollte viel lieber den Kuchen ausgraben, und das gelang ihm schließlich auch. Er verschlang den ganzen Kuchen auf einmal, als hätte er tagelang nichts zu fressen bekommen. Sein Maul war voller Sahne und Erde. Als er satt war, lief er schnell davon und fing an, alleine ums Haus zu rennen. Plötzlich sah ich, dass sein Maul mit Ausschlag bedeckt war, wie bei einer allergischen Reaktion. Wir riefen unsere Mutter, die im Haus war, und als sie den Hund erblickte, sagte sie: „Schnell! Kommt herein!" Dann schloss sie die Küchentür hinter uns, damit Veludo nicht ins Haus kam. Wir gingen ins Kinderzimmer, kletterten auf das Bett am Fenster, um zu sehen, was unser Veludo machte. Er lief noch schneller, als ob er an einem Hundemarathon teilnehmen wollte, und plötzlich, direkt unter unserem Fenster, fiel er tot zu Boden.

Am Abend grub meine Mutter ein Loch neben dem für den Kuchen und wir beerdigten unseren lieben Veludo darin.

KAPITEL 9

Vom Eingangstor aus sah ich den schwarzen Diakon Sebastião vor der Seitentür der Kirche auf einem Holzstuhl sitzen mit seiner Bibel auf einem Bein. Er war der älteste Bruder und der Pförtner unserer Gemeinde. Er trug einen grauen Anzug mit einer gestreiften Krawatte. Meine Mutter lief vor mir her, während sie ihre große Handtasche öffnete. Wir blieben bei ihm stehen.

„Gottes Frieden, Bruder!", sagte meine Mutter, während sie rasch ihre Bibel aus der Handtasche holte und hinter der letzten Seite ihre Mitgliedskarte mit Foto hervorzog, um sie ihm auszuhändigen. Ohne diese Karte durfte sie nicht an der Mitglieder-versammlung teilnehmen. Kinder besaßen noch keine. Erst nach der Wassertaufe mit fünfzehn wurden wir offiziell Mitglieder. Ich blieb dicht hinter ihr stehen.

„Gottes Frieden, Schwester!", sagte er und gab ihr die Karte zurück, nachdem er sie überprüft hatte. Dann stand er auf und öffnete ihr die Tür. Sie trat über eine Schwelle in die Kirche hinein. Als ich ebenfalls hineingehen wollte, versperrte er mir mit seinem langen Arm den Weg. Ich zuckte zusammen und flüsterte: „Mama!" Schnell kehrte sie um.

„Das Kleid ist zu kurz", rief er mit seiner heiseren Stimme und schob die Schultern nach hinten.

Mein grünes Kleid aus Jersey mit kurzen Ärmeln reichte bis eine Hand breit über die Knie.

„Sie ist noch ein Kind, Bruder", sagte meine Mutter geduldig.

Immer noch versperrte er mir den Weg. Was soll ich zwei Stunden lang ganz allein auf dem Kirchhof tun, während Mama drinnen sitzt?, dachte ich ängstlich.

„Pastor Paulo hat mir befohlen, streng zu sein."

„Ich habe gehört, Sie haben einen Fernseher." Sie schaute ihm fest in die Augen.

„Nur dieses Mal", mahnte er mit ausgestrecktem Kopf in Richtung meiner Mutter. Aus seinem Unterkiefer ragte ein einziger Schneidezahn. „Der Teufel gehört meiner ungläubigen Familie, nicht mir", murmelte er vor sich hin. Dann setzte er sich wieder auf seinen Stuhl.

„Schlagen wir unser Gesangbuch auf beim Hymnus Nummer eins", sagte Pastor Paulo, als ich neben meiner Mutter im Chor Platz genommen hatte. Dienstags bei den Mitgliederversammlungen sangen keine Chöre. Meine Mutter kniete sich vor ihren Stuhl, schloss die Augen und betete flüsternd. Ich begann mit der Gemeinde zu singen. Meine Mutter setzte sich hin, entnahm ihrer großen Tasche das Gesangbuch und schlug die Nummer eins auf. Wir sangen noch zwei weitere Hymnen aus dem Gesangbuch. Dann begann Pastor Paulo mit dem üblichen Ablauf der Mitgliederversammlung. Er warnte seine weibliche Schafherde vor der Immoralität, den Körper zu zeigen. Er las aus der Bibel Timotheus 2.9 vor: „... ebenso, dass die Frauen sich in würdiger Haltung mit Schamhaftigkeit und Sittsamkeit schmücken, nicht mit Haarflechten und Gold oder Perlen oder kostbarer Kleidung, sondern mit dem, was Frauen geziemt, die sich zur Gottesfurcht bekennen, durch gute Werke."

In der Kirche war es heiß. Die beiden anderen Türen und alle Fenster mussten dienstags geschlossen bleiben. Ich sah hinüber, wo die Brüder ohne Ausnahme in Anzug und Krawatte saßen. Die Frauen saßen durch den Gang von ihnen getrennt und trugen lange oder dreiviertel lange Ärmel. Es waren wenige Kinder dabei, weil diese Versammlung eigentlich nur für Erwachsene gedacht war.

Pastor Paulo berichtete: „Schwester Maria liegt im Krankenhaus." Dabei schaute er in die Richtung, wo die Schwestern saßen. „Wer von Ihnen kann sie besuchen?" Seine Frau und meine Mutter hoben die Hand. Jetzt richtete Pastor Paulo seinen Blick auf die Brüder: „Bruder José kommt seit drei Wochen nicht in die Kirche." Er machte eine Pause. Ein Diakon überreichte ihm einen Zettel. Zwei Brüder redeten leise miteinander und meldeten sich für den Besuch. „Die Familie unserer Schwester Odete ist in Not. Ihr Mann ist arbeitslos und sie ist schwanger. Sie haben fünf Kinder zu versorgen." Von überall her kam das Geklimper von Geldstücken. Meine Mutter holte eine Münze aus ihrer Geldbörse und hielt sie in der Hand. Die Seitentür ging auf. Diakon Sebastião kam herein und schloss sie leise hinter sich. Er eilte ins Sekretariat und kam mit einem Korb zurück, der mit weinrotem Seidenstoff umwickelt war. Er ging von Stuhl zu Stuhl. Bei meiner Mutter blieb er stehen bis sie eine zweite Münze hineingeworfen hatte. Nachdem er die Kollekte ins Sekretariat gebracht hatte, ging er wieder nach draußen.

Pastor Paulo rief Diakon Péricles, den Buchhalter unserer Gemeinde, um die monatliche Abrechnung zu präsentieren. Als er den Zehnten verlas, hörte ich den Namen meiner Mutter und den entsprechenden Betrag ganz oben auf der Liste. Sie hob den Kopf. Mein Vater und sie stritten sich oft deswegen. „Ich arbeite nicht, um dem Pastor den Magen zu füllen."

„Der arme Pastor kriegt kein Geld von der Gemeinde. Er muss selbst arbeiten. Diese zehn Prozent deines Gehalts sind für Gott. Er sorgt dafür, dass uns nichts fehlt."

Anschließend ergriff Pastor Paulo erneut das Wort und las von einem Zettel die Namen der Mitglieder ab, die aus Gottes Reich verbannt wurden und die dazugehörigen Gründe: „Sérgio: Trinkerei. Carla Maria: hat die Haare kurzgeschnitten, lackiert ihre

Fingernägel und trägt lange Hosen." Jetzt machte er eine Pause: „Madalena." Ich zuckte zusammen. Dann spürte ich die Hand meiner Mutter auf meiner. Pastor Paulo räusperte sich. Mein Herz pochte. „Sie hat gesündigt", ergänzte er.

„Nein!", rief ich mit unterdrückter Stimme.

Ich blickte in Richtung des Haupteingangs: Ich sah mich am Kirchenportal stehen in meinen festlichen Kleidern. In der rechten Hand trug ich das Strickkörbchen mit den Trauringen. Hinter mir stand Schwester Madalena in einem langen weißen Brautkleid. Auf dem Kopf trug sie eine Girlande mit Orangenblüten und einen langen weißen Schleier bis zum Boden. Als die Hochzeitsmusik von einer zerkratzten Schallplatte ertönte, bewegte ich mich langsam zum Altar, wo Pastor Paulo und der Bräutigam standen und warteten. Von rechts und links blickten neidisch weiße und schwarze Mädchen auf mich. Schwester Madalena kam ein paar Schritte hinter mir mit einem Brautstrauß aus weißen Rosen in den Händen. Sie erstrahlte in ihrer Schönheit. Vor unserem Pastor blieben wir stehen. Schwester Madalena stand neben ihrem Bräutigam. Unser Pastor belehrte sie über Jungfräulichkeit, und danach reichte ich ihm das Körbchen, damit er die Ringe segnete. Aber das Strickkörbchen war leer. Ich schaute Pastor Paulo fragend an. Er nickte lachend.

Ich ließ meinen Kopf auf den Oberarm meiner Mutter fallen und spürte, wie meine Augen feucht wurden. Ich flüsterte: „Mama, und die Hochzeit?"

„Du kannst deine festlichen Sachen wieder tragen, wenn wir Oma besuchen."

In der Kirche herrschte Gemurmel. „Silêncio!", bat Pastor Paulo.

Als ich an der Hand meiner Mutter aus der Kirche trat, hatten die Kinder gerade auf dem Vorhof einen Kreis gebildet. Sie öffneten ihn für mich, aber meine Mutter hielt mich am Arm zurück. „Wir essen zuerst eine Kleinigkeit." „Ich komme gleich!", rief ich und ging mit meiner Mutter durch den Seitengang zum Hinterhof. Ich hörte sie Reime singen. Gerne wäre ich bei ihnen geblieben, um die traurige Nachricht von Schwester Madalena zu vergessen. Dafür hätte ich sogar auf meinen Lieblingskuchen verzichtet. Zu meiner Überraschung stand die Hälfte der Gemeinde auf dem Hinterhof vor einem Tresen, über den eine Schwester Teigwaren und Saft hinausreichte. Normalerweise gingen die Gemeindemitglieder nach der Versammlung sofort nach Hause. Viele kamen direkt von der Arbeit und mussten noch selber kochen, denn sie hatten nicht genug Geld, um das Essen zu bezahlen.

Meine Mutter bahnte sich einen Weg durch die Menge und kaufte zwei Stücke Blechkuchen. Sie gab mir meinen Bananenkuchen in die Hand. Er roch nach Zimt und Karamell.

„Such dir einen Platz, um zu essen, danach kannst du spielen." Ich nickte. „Ich suche die Frau des Pastors. Sie will mit mir reden." Mama verschwand mit ihrem Limettenkuchen.

Ich schaute mich um und fand eine Stelle an der Mauer, unter dem einsamen Avocadobaum. Seine spärlichen Äste mit grünen Blättern streckten sich wie im Gebet zum Himmel. Ich lehnte mich an den dünnen Stamm, pickte wie ein Vogel mit den Fingerspitzen kleine Stücke aus meinem Kuchen und aß sie langsam, während ich die Brüder und Schwestern beobachtete.

„Einen Hot Dog", bestellte ein Bruder, während er seine Bibel durchblätterte und einen Geldschein hervorzog. Er trug einen beigen Anzug, der zu groß für seine Figur war.

„Sie haben bestimmt Hunger, oder?", fragte ein anderer und biss in eine mit Hackfleisch gefüllte gebackene Teigtasche. Er hielt eine große Bibel unter dem Arm. Ein paar Krümel fielen auf den Zementboden.

„Diese Sache mit Schwester Madalena ...", flüsterte der Mann im beigen Anzug.

„Sie ist nicht mehr unsere Schwester", rief ein dickes Mädchen mit kleinen Füßen mit vollem Mund. Sie trug ein rotes knielanges Baumwollkleid. Wie ein Luftballon sah sie aus. Einige drehten sich zu ihr um.

Sie lächelte, in ihrem Mundwinkel klebte noch ein Rest Kuchenteig.

„Wie weit ist sie?", fragte eine andere.

„Ich schätze ..." Das dicke Mädchen verdrehte die Augen, als müsste sie nachdenken, und legte die Hände auf ihren Bauch. „Im dritten Monat."

„Und sie hat es die ganze Zeit lang versteckt?", rief ein alter Bruder empört und stellte seine Kaffeetasse zu energisch auf seine Bibel, die er als Tablett benutzte, und der Kaffee lief darüber.

„So ist es", antwortete das dicke Mädchen.

„Und wie ist es herausgekommen?"

„Von ganz alleine?"

„Nicht so laut!"

„Warum denn nicht?"

Die Brüder und Schwester sprachen alle durcheinander.

„Sie trug plötzlich Sachen, die wahrscheinlich ihrer Mutter gehören, um ihre Sünde zu verbergen."

„Ah!", staunten einige mit einer Hand vor dem Mund und schauten einander an.

„Stellen Sie sich vor", sagte das dicke Mädchen langsam und streckte den Nacken nach vorne. „Es war die Frau des Pastors, die sie zur Rede gestellt hat."

„Und dann hat sie gebeichtet", sagte eine männliche Stimme, die mir bekannt vorkam. Es war Diakon Dirceu, der herbeigeeilt kam, um beim Abschließen der Küche zu helfen. Er hob von außen die beiden hölzernen Fensterläden an und hielt sie fest, bis die Schwester von innen den Riegel vorgelegt hatte.

„Ja! Danke!", rief sie und verließ die Küche durch eine schmale Tür.

Als meine Mutter in meine Richtung kam, schaute ich hoch zum fruchtlosen Avocadobaum und tat so als suchte ich Blüten.

„Wolltest du nicht spielen gehen?"

Ich zeigte ihr einen Rest Bananenkuchen. Sie würde mir solche Dinge nie erzählen. Immer wenn eine Frau vor der Hochzeit schwanger wurde, hieß es nach den Worten unseres Pastors Paulo: "Sie hat gesündigt."

„Hat sie schon ihre Mitgliedskarte abgegeben?", fragte eine. Wir gingen alle den Seitengang entlang zurück zum Vorhof. Ich hielt die Hand meiner Mutter. Am Kirchentor blieben wir stehen. Die Kirche war von einer Mauer umgeben und dieses Tor war der einzige hinein oder hinaus. Rechts und links wohnten ungläubige Nachbarn, die auf ihren Grundstücken Bäume gepflanzt hatten, um ihre Häuser vor neugierigen Blicken zu schützen.

„Ja, genau hier." Das dicke Mädchen stampfte mit ihrem kleinen Fuß auf den Zementboden. "Denn weiter darf sie ihre Füße nicht mehr setzen."

Diakon Dirceu kam durch das Tor heraus zu einigen Brüdern und Schwestern, die sich versammelt hatten und leise redeten.

„Wer unter euch ohne Sünde ist, der werfe den ersten Stein", zitierte er aus der Bibel.

„Gottes Frieden!" riefen sie einander zu.

Einer nach dem anderen ging fort. Als ich mich nach ihr umsah, war das dicke Mädchen schon verschwunden.

Meine Mutter und ich machten uns auf unseren langen Weg nach Hause. Ich dachte die ganze Zeit an Schwester Madalena, wie sie sich bei der Probe so liebevoll um mich gekümmert hatte, und wünschte, dass sie ein hübsches Mädchen zur Welt bringen möge, mit Katzenaugen – solche wie ihre eigenen.

KAPITEL 10

In der Nacht von Samstag auf Sonntag konnte ich vor Aufregung nicht einschlafen. Ich wälzte mich im Bett hin und her. Am Sonntag war Muttertag und wir würden uns bei meiner Großmutter versammeln. Es gab nie Geschenke, weder für Großmutter noch für meine Mutter und ihre Schwestern. Auf dem Grundstück meiner Großmutter wohnten noch zwei verheiratete Töchter mit ihren Familien: Tante Neusa mit sieben Kindern und Tante Joana mit ihren acht. Außerdem lebten bei meiner Großmutter noch ihre vier unverheirateten Kinder, zwei Männer und zwei Frauen. Die älteste Tochter meiner Großmutter, Tante Dora, wohnte mit ihren zehn Kindern weit weg und sie hatten, wie wir, eine lange Fahrt. Ich lag in meinem Bett und fragte mich, wer von denen wohl wusste, dass am Muttertag auch mein Geburtstag war: nur meine eigene Familie. Ich bat meinen Vater, ob er dieses Mal mitkäme. „Mal sehen!", sagte er wie immer.

Am Sonntagmorgen roch es im Kinderzimmer nach angedünstetem Knoblauch und Zwiebeln und mir wurde klar, dass mein Vater nicht mit zur Großmutter kommen würde. Meine Mutter kochte für ihn. Im Flur, vor dem Badezimmer, stritten wir Kinder uns darum, wer zuerst in die Dusche ging. Ana gewann, aber als sie die Badezimmertür schließen wollte, erschien meine Mutter aus der Küche.

„Lass das Geburtstagskind zuerst ins Badezimmer!"

Ich streckte Ana die Zunge heraus. Während Amarinho sich duschte, kämmte meine Mutter Olímpia und mich. Wir konnten unsere rebellischen Haare selbst nicht kämmen. Sie zog uns die Haare mit einem riesigen Kamm hoch und band sie mit einem Hosengummi zusammen.

„Mama, es tut weh!", schrie ich, während sie bei mir zusätzlich mit einem rosa Band aus Seide eine Schleife machte.

„Wer schön sein will, muss leiden!", antwortete sie.

„Olímpia, du hast Schlitzaugen!" Ich lachte.

„Und du auch!"

Olímpia trug ein hellblaues Baumwollkleid, das Ana nicht mehr passte. Meine Mutter hatte es umgenäht und ein neues rosa Band an der Taille befestigt. Olímpia wuchs schnell aus ihren Sachen heraus, weil sie gerne aß. Ihre Ballettschuhe – die billigste Schuhsorte auf dem Markt – konnte sie noch dazu tragen, trotz der kleinen Löcher in den Sohlen.

„Du kannst sie noch tragen, solange die großen Zehen nicht Hallo sagen", sagte meine Mutter zu ihr.

Meine Mutter und Ana trugen enge Kleider, bei denen meine Mutter weiße Blümchen auf die Brust genäht hatte. Ana in Gelb und meine Mutter in Dunkelgrün sahen elegant aus. Amarinho trug ein blütenweißes Baumwollhemd mit brauner Fliege zu einer kurzen Stoffhose mit Trägern. Ohne seine Schuhe von der Schuluniform hätte er besser ausgesehen. Ich führte ihn ins Elternschlafzimmer zum einzigen Spiegel an der Innenseite der Kleiderschranktür und er lächelte sich selbst zu.

Wir warteten in der Küche auf unsere Mutter, während sie Lebensmittel aus dem Küchenschrank für unseren Beitrag zum Essen suchte. Sie fand eine Packung Spaghetti, eine Dose Kokosfett und eine Packung Mehl. Aus unseren Vorratsdosen holte sie Reis, schwarze Bohnen, Maniokmehl, Kaffee, Zucker und Salz. Sie füllte große Portionen in Papiertüten und verteilte alles auf drei Tragetaschen. Dann ging sie noch ins Badezimmer, kam mit einer Rolle Toilettenpapier und einem Stück Seife heraus und steckte sie in eine der Tragetaschen.

„Habt ihr schon eure Wäsche zum Umziehen eingepackt?" Wir nickten und Ana zeigte ihr eine Tragetasche mit alten Sachen. Hausschuhe waren nicht dabei. Bei meiner Großmutter liefen Kinder und Erwachsene nur barfuß. Wir brachten die Tragetaschen ins Wohnzimmer, wo mein Vater am Fenster saß und rauchte. Ich schaute ihm ins Gesicht und dann sagte er:

„Feliz aniversário, minha filhinha!" Er stand auf und ich bekam eine feste Umarmung und einen dicken Geburtstagskuss auf die Wange. Dann hörte ich den Chor um mich herum singen: „Parabéns pra você!" „Zum Geburtstag viel Glück!" Ana und Olímpia öffneten die Wohnzimmertür und brachten die Tragetaschen auf die Terrasse, während sie sangen. Meine Mutter blieb noch zurück und sagte zu meinem Vater: „Das Essen ist fertig. Du musst nur dein Steak braten."

„Grüß Dona Olímpia zum Muttertag!"

Jeder von uns schleppte eine Tragetasche bis zur Bushaltestelle. Nach einer halbstündigen Fahrt stiegen wir an der Endstation aus, im Ortskern von São João, auf einer befahrenen Einkaufsstraße. Wir mussten hintereinander über den schmalen Bürgersteig gehen. Die Busse fuhren hautnah an uns vorbei und wirbelten roten Staub auf. Die Geschäfte waren voller Menschen, die vermutlich ihre letzten Besorgungen für den Muttertag erledigen wollten: rote Rosen aus Plastik, Töpfe, Stoffe ...

Meine Tanten kauften gerne in diesen Schuhgeschäften ein. Nur hier fanden sie billige Schuhe in ihren Größen. Sie kauften auch für meine Mutter und wenn sie sich bei Großmutter oder bei uns wiedertrafen, gaben sie meiner Mutter die Schuhe und bekamen ihr Geld zurück. Deshalb hatten sie alle ähnliche Schuhe.

Als wir in den nächsten Bus einstiegen, waren meine weißen Ballettschuhe bedeckt mit rotem Lehmstaub. Wir fuhren noch eine halbe Stunde weiter mit offenen Fenstern und Türen. Der Busfahrer fuhr schnell, als ob er Verspätung hätte und die Zeit aufholen müsste. Der Staub von der nicht asphaltierten Fahrbahn kam uns in Augen und Nase, denn es hatte seit Wochen nicht geregnet.

„Haltet euch fest! Und passt auf, dass die Taschen nicht umkippen!", rief unsere Mutter, als der Bus durch Schlaglöcher fuhr und Olímpia und ich hoch aus den Sitzen flogen.

„Wir galoppieren, Mama!", sagte ich und lachte.

„Wenn der Fahrer dich hört, fährt er noch schneller, weil er denkt, wir fänden es schön", sagte Ana von ihrem Platz hinter uns. Vor dem Galoppieren fürchtete ich mich nicht, dafür aber vor Unfällen bei scharfen Kurven auf dem Hügel, wenn ich den Eindruck hatte, dass der Fahrer beschleunigte, anstatt langsam in die Kurve zu gehen. Dann betete ich, dass kein Bus entgegen käme, weil der Weg auf dem Hügel sehr schmal war. Ich kannte jede Kurve, die Fabriken, die wenigen schönen Häuser und die kleinen Bäckereien und Metzgereien, die während der Busfahrt auftauchten. Auf dem Hügel hielt ich öfters vor Angst den Atem an. Und wenn der Hügel hinter uns lag, fiel mir das Atmen wiederum schwer, weil ein unerträglicher Geruch von toten Tieren aus einem großen Schlachthof in den Bus drang. Einen solchen Geruch kannte ich, wenn unsere Nachbarn ihre toten Hunde und Katzen auf freie Grundstücke warfen oder wenn die Nachbarn, die die Macumba-Religion praktizierten, für ihre Riten tote Tiere wie Ziegen oder schwarze Hühner an der Kreuzung bei uns ablegten, die dann eine ganze Woche dort liegenblieben, weil sie aus Angst niemand anrührte. Selbst der Müllmann vermied es. Nur die Aasgeier schienen sich zu freuen. Auch hier flogen sie über den Schlachthof. Gott war so gütig zu meiner Großmutter und ihrer Familie gewesen, denn dort, wo sie wohnten, roch es nur nach Büschen, Eukalyptusbäumen, Lehm und lebendigen Tieren.

Wir stiegen aus und meine Mutter rief jeden von uns mit Namen, um festzustellen, ob keiner im Bus zurückgeblieben war. Das Grundstück meiner Großmutter lag auf der Spitze eines Hügels, zu dem eine breite Straße aus feuerrotem Lehmboden führte. Die Straße lag viel tiefer als die Häuser rechts und links. Es gab keinen Bürgersteig. Zu jedem Hauseingang führte eine schmale Treppe aus Lehm, die die Bewohner selbst geschlagen hatten. Dann folgte ein langer Weg aus großen Steinen vom Gartentor zur vorderen Terrasse. Die Grundstücke waren mit Draht umzäunt und die Hecke wuchs wild am Zaun entlang. Hohe Eukalyptusbäume standen auf den Grundstücken und ließen nur Streifen von den Häusern durchschimmern. Auch die Sonne wurde von ihnen verdeckt. Die Häuser, groß oder klein, wirkten verloren auf den riesigen Grundstücken. Es waren richtige Häuser aus Ziegelsteinen und Zement, die in hellen Farben wie blau, grün, gelb oder weiß angestrichen waren.

Wir stellten unsere Tragetaschen auf dem roten Lehmboden ab für eine kurze Erholungspause. Der Schweiß rann uns von der Stirn, weil wir es nicht gewöhnt waren, so hoch hinaufzusteigen.

„Kinder!", rief meine Mutter. „Schaut mal da oben!" Sie deutete mit dem Finger in die Richtung. Ihre Stimme klang erleichtert.

Als ich aufblickte, entdeckte ich eine Wolke von schwarzen Kindern in fröhlichen Farben, die uns winkend den Hügel herab entgegenkamen. Vorne, in der Mitte wie ein Anführer, rannte mein Vetter Eliseu. Immer mehr Kinder, alles Cousinen und Cousins, schwebten wie Engel heran. Hinter ihnen war ein azurblauer Himmel.

„Hallo!", riefen sie und wir winkten zurück.

Sie näherten sich uns und stritten sich direkt um die Tragetaschen. Es waren mehr Kinder als Taschen.

„Ihr müsst zu zweit tragen", rief meine Mutter laut.

Eliseu kam zu mir: „Gib mir deine, Primavera!" So nannte er mich. Nur er nannte mich Primavera, wie der

Frühling, „Prima Vera", Cousine Vera ... Es gefiel mir, aber das verriet ich ihm nicht.

„Oh! Das ist sooo schwer!" Er tat so, als könne er die Tragetasche nicht anheben. Er ließ den Kopf in den Nacken fallen und lachte so herzlich, dass ich seine Backenzähne sah.

„Schöne Zähne hast du, Eliseu." Er schaute mich überrascht an, als wäre ich nicht ganz richtig im Kopf. Als ich mich in der darauffolgenden Woche an den Besuch erinnerte, dachte ich über seinen überraschten Gesichtsausdruck nach. War er es nicht gewöhnt, gelobt zu werden oder war er sich seiner Schönheit nicht bewusst?

Wenn ich zurückblicke, hatten diese Kinder schöne weiße Zähne, die mit ihrer glänzenden schwarzen Haut kontrastierten, und wenn sie lachten, wie sie es gerne taten, wurde ihre Schönheit noch hervorgehoben. Auch ich lachte gerne, mit meinen hässlichen Zähnen.

Das Haus meiner Großmutter war hellrosa mit dunkelgrünen Fensterläden. Das Gartentor blieb Tag und Nacht offen, wie ein Willkommenssymbol. Es war ein schweres Tor aus Holzlatten, deren Restfarbe schwarz war. Das schmale Tor hing am unteren Ende eines alten Pfostens, an dem der Drahtzaun befestigt war. Wir folgten dem Plattenweg bis zur Terrasse, wo uns vier Tanten begrüßten: „Die Reichen kommen!" Sie saßen auf der niedrigen Mauer der Terrasse mit den Beinen zum Garten. Tante Neusa, mit ihrem Schwergewicht, hielt sich den Bauch, als ob ihr das Lachen weh täte. Tante Joana sang mit ihrem Lachen von den höchsten bis zu den tiefsten Tönen der Tonleiter und schüttelte unkontrolliert Kopf und Oberkörper. Tante Leonora ließ vor Lachen den Kopf zurückfallen und legte eine Hand vor den Mund. Beth, die jüngste, lachte wie ein Mädchen in der Pubertät von der Terrasse aus. Ich hatte meine Mutter nie über diesen Willkommensgruß befragt, aber irgendwie genoss ich es, reich genannt zu werden.

„Schuhe ausziehen!", rief Beth mit ihrer Mädchenstimme, während sie den Boden unter ihren Füßen mit einem Tuch polierte. Ihr Fußboden war aus glattem rotem Zement und glänzte wie ein Spiegel. Ich nannte sie nie „Tante" Beth, auch die anderen Kinder nicht, obwohl sie uns ständig dazu ermahnte und verlangte, dass wir ihren Segen erbaten. Es war das Haus meiner Großmutter, aber Beth meinte, es gehörte ihr. Wir zogen die Schuhe vor der Terrasse aus und stellten sie alle zusammen an die Seite.

„Lass uns herein, Beth!", sagte meine Mutter mit einem Fuß auf der Terrasse und lachte dabei. „Wir müssen uns umziehen."

„Aber wischt euch gut die Füße hier ab!" Sie schob uns die Lappen zu und lachte mädchenhaft.

Im Schlafzimmer meiner Großmutter zogen wir unsere alten Sachen an und ließen die festliche Kleidung auf einem großen Stuhl liegen. Meine Mutter versteckte ihr Geld in ihrem BH und ging zu ihren Schwestern, die die Tragetaschen auspackten und das Essen für den Tag planten und wir liefen zu den anderen Kindern hinaus. Sie wollten Verstecken spielen, aber sie konnten sich nicht einigen, wo: Ob auf der Straße vor dem Haus unserer Großmutter, denn dort fuhren kaum Autos, oder auf dem Grundstück hinter Tante Joanas Holzhäuschen und dem Schweine- und Hühnerstall. Die Familien meiner Großmutter benutzten diesen Hinterhof für Sperrmüll. Hinter den hohen Eukalyptusbäumen war ein gutes Versteck, aber ich musste vorsichtig sein, denn auf dem Boden lagen Glasscherben, Holzstücke mit verrosteten Nägeln, alte Kleidungsstücke, Essensreste wie Kaffeepulver und Gemüseschalen, ganz abgesehen von den vielen Mücken, die da herumflogen.

Großmutter kam zu uns und unterbrach uns beim Streiten: „Ihr holt Wasser fürs Essen!"

Darauf hatte ich nur gewartet. Mir war es lieber, Wasser aus dem Brunnen zu holen als Verstecken zu spielen. Bei Großmutter gab es einen Brunnen, aber das Wasser war trübe und zum Trinken nicht geeignet. Dieses Wasser wurde nur für das Toilettenhäuschen und zum Saubermachen benutzt. Er war mit schweren Holzbrettern verschlossen.

„Ist er trocken, Eliseu?", fragte ich. Er nickte.

Wir versorgten uns mit Blechdosen. Meine Cousinen, die älter als meine Schwester Ana waren, konnten bis zu drei Blechdosen mit je fünf Litern tragen, in jeder Hand eine und noch eine auf dem Kopf, gepolstert mit einer alten Baumwollwindel. Tante Beth gab uns Mädchen Lappen, um die Hände zu schützen und die Dosen besser tragen zu können. Eliseu machte sich über uns lustig: „Ihr seid schwach!"

„Das wollen wir sehen!", rief ich

„Sollen wir wetten, wer mehr Wasser tragen kann?", schlug er vor.

„Um was sollen wir wetten?", fragte seine älteste Schwester.

„Um Geld!", antwortete Eliseu.

„Wir haben keins." An solchen Wetten beteiligte ich mich nie.

Die Blechdosen waren einmal Behälter für Schweinefett gewesen. Unsere Onkel hatten mit Nägeln dicke Holzstücke an der Innenseite befestigt, die als Griffe dienten. Wenn dieses Holz nass wurde, waren die Behälter noch schwerer. Ich konnte nur zwei Milchkannen aus Blech mit jeweils zwei Litern tragen.

Die Nachbarin gegenüber meiner Großmutter ließ uns nicht herein: „Das Wasser ist heute sehr niedrig."

„Ich glaube ihr nicht", sagte Eliseus älteste Schwester. „Sie will ihre Ruhe haben. Wir sind zu viele und zu laut."

„Gehen wir die Nebenstraße hinunter", schlug Eliseu vor. Wir kehrten um, bogen in die erste Seitenstraße und blieben nach fünf Häusern vor einem Grundstück stehen.

„Wohnt hier überhaupt jemand?" Ich konnte kein Haus sehen. Es gab weder ein Tor noch einen Drahtzaun, nur einen Weg zwischen dichten Bambushecken und Büschen.

„Hier bei Dona Maria gehen wir direkt rein", sagte Eliseu und ging vor. Das Haus lag versteckt. Man konnte uns unmöglich hören. Wir warteten am Brunnen, während Eliseu vor der Haustür rief: „Dona Maria, dürfen wir Wasser holen?"

Eine alte Frau kam aus dem Häuschen, schaute uns an und nickte: „Aber macht nicht alles um den Brunnen herum dreckig." Die alte Frau war zahnlos. Ihr Mund war wie ein Loch und das Gesicht runzelig wie ein Badeschwamm. Sie verschwand in ihrem Häuschen, das aussah wie eine Scheune aus gestampftem Lehm.

Ich hielt mich am Brunnen fest und ließ den Kopf hinunterhängen, um das Wasser zu sehen.

„Nicht so nah, komm weg da!", schrie meine Schwester Ana. Da fiel mir plötzlich ein, dass die alte Frau überhaupt nicht um uns besorgt war. Wir sollten bloß keinen Dreck hinterlassen. Mit einer kleinen Blechdose an einem Bambusstab füllten die älteren Jungen und Mädchen alle unsere Wasserbehälter und wir gingen den Weg zurück. Ich war genauso langsam wie die kleinen Cousinen, die Wasserkessel trugen. Wir alle waren die ganze Zeit nass, was uns bei der Hitze gut tat. Wir gingen so lange hin und her, um Wasser zu holen, bis die großen Blechfässer bei meiner Großmutter voll waren. Erst dann durften wir spielen. Die ältesten Mädchen zogen es vor, unter einem Mangobaum zu singen und zu schaukeln. Wir wollten lieber Kästchen springen. Eliseu suchte ein Stück Ziegelstein im Garten und begann auf dem Gehweg vom Tor zur Terrasse Kästchen zu zeichnen, als Tante Dora, die älteste, mit ihren sieben Kindern und mehreren Tragetaschen am Tor erschien.

„Mesquita ist da!" Bei Tante Dora und ihren Kindern riefen ihre Schwestern immer den Namen des Ortes, in dem sie wohnten, und lachten dabei. Wieso wurden wir dann ‚die Reichen' genannt?

Tante Dora war ruhig, so wie meine Großmutter. Sie sahen sich auch ähnlich. Wenn Tante Dora lachte, glänzten zwei große Goldzähne über einer großen Lücke. Sie trug nur weite Kleider mit Gürtel, beides aus Baumwolle, die sie noch runder machten, als sie es ohnehin schon war.

Die Frauen begannen mit den Essensvorbereitungen: Kartoffeln schälen, Reis und Bohnen auslesen, Hühner- und Schweinefleisch zum Braten würzen, Kokosnüsse raspeln und Salat putzen. Sie sammelten Geld unter sich für Tomaten, grüne Paprika, Zwiebeln, Knoblauch, Petersilie, Schnittlauch, Lorbeerblätter und Pfefferkörner. Einige der Kinder sollten diese Einkäufe bei einem kleinen Händler erledigen und ich meldete mich auch dafür. Alles musste in großen Mengen besorgt werden und falls das Geld nicht reichte, sollte es auf Rechnung meiner Großmutter laufen. Die anderen Kinder sollten hinter dem Haus Holzscheite und Äste suchen und im Vorgarten sammeln. Die Tanten bauten zwei große Feuerstellen für mehrere Töpfe gleichzeitig. Für so viele Menschen brauchte man riesige Töpfe.

Meine Großmutter schickte die Jungen zu ihren beiden Söhnen: „Sucht sie in der Kneipe neben der Bäckerei. Sie sollen uns zwölf Flaschen Malzbier schicken." Ich mochte dunkles Bier nicht, es schmeckte bitter. Aber das ‚Mausibia', das es nur bei Familientreffen gab, mussten alle trinken, auch die kleinen Kinder und vor allem die schwangeren Frauen. Lieber trank ich Ki-Suco, die Pulvermischung mit Erdbeergeschmack.

„Du!" Es war Beth. „Willst du schaukeln?" Sie hielt mir den Schaukelsitz fest. Ich war vom Spielen auf der Straße zurück in den Garten gekommen. Ich wollte meine Mutter suchen und sie um eine Kleinigkeit zum Essen bitten. Die Schaukel unter dem hohen Ficusbaum war selten frei.

„Ja, gerne." Ich setzte mich darauf, hielt mich an den beiden Seilen fest und Beth schubste mich am Rücken, erst langsam und dann immer stärker. Die Schaukel flog hoch.

„Beth, kannst du mir etwas aus der Küche holen?", fragte ich. „Ich habe Hunger." Wir Kinder durften nicht in die Küche. Aber auf Tante Beth konnte ich mich immer verlassen.

„Wie heiße ich?"

„Tante Beth, natürlich!"

„Gleich." Sie lachte mädchenhaft.

„Tante Beth, bitte!"

„Ah! Jetzt bin ich doch deine Tante!" Wieder lachte sie. „Weißt du, dass du meine Lieblingsnichte bist?"

Ihre Stimme wackelte wie ihr mädchenhaftes Lachen. Meine Lieblingstante war Joana, Eliseu Mutter.

„Tante Beth!", rief ich, als die Schaukel wieder hoch flog. „Ich sterbe vor Hunger!"

„Aber du könntest genauso gut meine Tochter sein." Sie lachte.

„Ich?"

„Du, wer sonst. Mit wem rede ich denn?"

„Mit der Schaukel." Ich lachte und sie auch.

„Hör mal, ich hole dir was zu essen." Sie schubste mich weiter hoch. „Aber zuerst musst du mir etwas verraten."

„Was?"

„Wen liebst du mehr, deine Mama oder deinen Papa?" Sie lachte lange, als wollte sie mir Zeit lassen. Mein Vater trank viel, aber das war für mich kein Grund, ihn weniger zu lieben.

„Wen liebst du mehr, deine Mama oder deinen Papa?", fragte sie noch einmal und schubste stärker. Ich flog hoch in die Luft und es kitzelte im Bauch.

„Ich liebe Mama und Papa genau gleich", sang ich monoton.

„Nein, so geht's nicht." Sie wiederholte ihre Frage.

„Wie kann ich mich für Mama oder für Papa entscheiden, Be..., Tante Beth?" Fast hätte ich die „Tante" vergessen.

„Wen liebst du mehr, deine Mama oder deinen Papa?"

Meine Füße erreichten die Blätter der ersten Äste und es wurde mir mulmig im Bauch.

„Deinen Papa, oder?"

Ich nickte, um meinen Frieden zu haben, als ich meine Mutter neben dem Ficus entdeckte, die auf uns zu gekommen war.

„Mama!", rief ich.

„Liebst du deine Mama mehr?"

„Beth!", rief meine Mutter mit fester Stimme. „Wir brauchen deine Hilfe in der Küche."

Beth folgte meiner Mutter. Ich schaukelte langsam und dachte darüber nach, wie nett Tante Beth schon zu mir gewesen war.

Sie hatte mich zu einer Weihnachtsfeier in der Näherei mitgenommen, in der sie arbeitete. Meine Mutter hatte mir noch die Haare gekämmt, als sie bei uns angekommen war, um mich abzuholen.

„Schnell! Sonst ist das Mittagessen vorbei!" hatte sie zu meiner Mutter gesagt, und zu mir: „Wie schön siehst du aus!"

Ich hatte meine festlichen Sachen angezogen. Zur Weihnachtsfeier durften die Mitarbeiter eine Begleitung mitbringen. Es wäre einfach gewesen, wenn sie Eliseu oder ein anderes Kind aus Großmutters Haushalt mitgenommen hätte, um die Busfahrt durch die Stadt zu sparen. Wir hatten einmal umsteigen müssen. Als wir in dem Saal angekommen waren, hatten einige von Beths Kollegen schon ihr Essen beendet und bei Livemusik getanzt. Kellner in weißen Anzügen mit Fliegen hatten an jedem Tisch bedient. Es hatte ‚Feijoada' gegeben, Eintopf mit schwarzen Bohnen und viel Fleisch, Beilagen, Bier und Caipirinha. Aber wir hatten nur frischen Orangensaft getrunken. Beth hatte mich ihren Kollegen vorgestellt: „Das ist meine Nichte Vera."

Ich hatte mich geschmeichelt gefühlt, weil mich von da an alle mit Namen angesprochen hatten, als ob sie mich schon lange gekannt hätten. Ich war das einzige Kind bei dieser Feier gewesen, aber das hatte mich nicht gestört. Im Gegenteil, so hatte ich die Aufmerksamkeit der Erwachsenen nicht mit anderen

Kindern teilen müssen. Am Schluss hatte ein Fotograf ein Bild von mir gemacht. Ein paar Wochen später hatte Tante Beth mir einen großen Abzug davon in einer Mappe gezeigt. Lange hatte ich das Bild betrachtet. Ich hatte wie eine Prinzessin ausgesehen und mich auch so gefühlt in meinem rosa Kleidchen aus Satin und dem weiten Röckchen aus Tüll.

„Ich schenke dir dieses Bild", hatte Tante Beth gesagt. Ich hatte mich bedankt und es meiner Mutter zeigen wollen. Rasch hatte mir Tante Beth die Mappe aus der Hand genommen und gefragt: „Wen liebst du mehr, deine Mama oder deinen Papa?"

Ich hatte auf ihre Hände geschaut und geantwortet: „Dich, Tante Beth."

Meiner Mutter hatte mir danach versprochen, das Foto abmalen zu lassen, wie es damals üblich war, und es im Kinderzimmer aufzuhängen.

Während wir Kinder auf das Essen warteten, bekamen wir von Großmutter Bananen, Orangen und Clementinen, um den Hunger zu dämpfen. Eliseu rief mich zum Hintergarten. Er zeigte mir zwei Lutscher mit Erdbeergeschmack und legte eine Hand auf meinen Mund. Wir saßen nebeneinander auf dem Lehmboden und ließen die Lutscher im Mund zergehen.

„Kennst du Erdbeeren?", fragte ich.

„Nein, aber ich denke, sie sind so wie Kakis."

„Wenn Kakis so gut wären ..." Ich saugte an meinem Lutscher und drehte den Stiel nachdenklich im Mund. Ich wollte ihn fragen, woher er die Lutscher hatte. Dann erinnerte ich mich daran, dass er beim Einkaufen des Malzbiers dabei gewesen war. Unsere beiden Onkel waren uns Kindern gegenüber immer großzügig. Vielleicht hatte einer von beiden ihm diese Freude gemacht.

„Hör mal!", sagte Eliseu und unterdrückte ein Lachen. „Tante Beth ..."

„Ich will nicht über sie sprechen."

„Wollen wir deiner Lieblingstante einen kleinen Streich spielen?"

„Sie ist nicht meine Lieblingstante!", sagte ich verärgert.

„Aber wer hat dir denn die Schaukel freigehalten?"

„Lass das!", sagte ich und überlegte. „Eliseu, wen liebst du eigentlich mehr – deinen Papa oder deine Mama?"

„Was ist denn das für eine komische Frage?"

Ich lachte und zuckte die Schultern. Dann fragte ich nach seinem Streich. „Was hast du vor?"

„Sie putzt doch ständig ihren sauberen Boden ..."

„Du willst doch nicht ihren Boden mit diesen dreckigen Pfoten betreten."

„Wir, wie zwei Katzen. Miau! Miau!"

„Sie wird bestimmt ein Theater machen und Oma rufen."

„Um so schöner!"

„Aber wann?"

„Wir warten ab, bis keiner in der Nähe ist."

Das Mittagsessen war erst am Nachmittag fertig. Außer gebratenem Fleisch, Reis, schwarzen Bohnen, Gemüse und Salaten hatte Tante Joana ‚Pastel' zubereitet, eine frittierte Teigtasche gefüllt mit Hackfleisch sowie ‚Empadinha'", Mürbeteig in kleinen Formen gefüllt mit Krabben. Bei der Essensausgabe drängte Tante Neusa sich vor Tante Dora, weil sie als Erste ihre eigenen Kinder versorgen wollte.

„Du bist als Letzte angekommen", sagte Tante Neusa.

„Die Letzten werden die Ersten sein", entgegnete Tante Dora mit ihrem goldenen Lächeln.

„Aber nicht hier, meine liebe Schwester", wendete Tante Neusa ein.

Meine Mutter nutzte die Gelegenheit und ging zu der Feuerstelle, auf der die großen Töpfe mit Reis und schwarzen Bohnen standen, um Amarinhos Teller zu füllen, als Tante Neusa sie feindselig anschaute. Schüchtern trat meine Mutter einen Schritt zurück. In Tante Neusas Augen konnte ich gut lesen: „Ich bin hier zu Hause."

Zum Essen saßen wir verstreut auf dem Boden im Garten, auf der Mauer der Terrasse oder unter schattenspendenden Bäumen. Jeder hatte seinen Teller in der Hand oder auf dem Boden stehen und aß mit den Fingern – eine Gewohnheit aus der Sklavenzeit. Zu Hause aßen wir nur am Tisch mit Besteck, aber hier machte es mir nicht aus. Tante Dora formte aus ihrem Essen Kügelchen und steckte sie ihren kleinen Kindern in den Mund, die alle um sie herum auf dem Boden saßen. Die Tanten redeten und lachten mit vollen Mündern über die letzten Familientreffen. Ich hätte gerne etwas über ihre Kindheit erfahren, aber darüber wurde nicht gesprochen. Wir konnten essen, so viel wir wollten. So reichlich aß ich nur bei meiner Großmutter. Wir waren alle müde vom Essen und gönnten uns eine Siesta. Meine Großmutter ging in ihr Bett. Die anderen Erwachsenen legten sich auf Binsenmatten auf Beths Terrasse und die Kinder in den Schatten der Bäume auf Hängematten. Nur Tante Neusa rief ihre Kinder zu sich und schloss die Haustür. Wir waren alle ruhig und außer Schnarchen hörte ich nur die Blätter, die sich in der schönen Brise bewegten und weiter weg einige Katzen und Hunde. Plötzlich begann mein Bauch zu schmerzen. Ich liebte das Haus meiner Großmutter, das Grundstück und alles, was dazu gehörte, ja sogar den Gestank aus dem Hühner- und Schweinestall, mit einer Ausnahme: das Toilettenhäuschen, das zwischen Großmutters Haus und Tante Joanas Hütte stand.

Wenn ich nur Wasser lassen wollte, ging ich diskret zu den Eukalyptusbäumen auf dem tiefer gelegenen hinteren Grundstück oder hinter Tante Joanas Hütte. Tante Neusa hatte ein Badezimmer in ihrem Haus, das meine Mutter und Tante Dora benutzen durften. Alle anderen auf dem Grundstück hatten nur ein gemeinsames Toilettenhäuschen zur Verfügung.

Wenn ich nicht gewusst hätte, wo das Toilettenhäuschen stand, hätte ich nur dem Gestank folgen müssen. Es lag hinter der Küche meiner Großmutter, erreichbar allerdings nur von außen, auf dem Weg zum Hinterhof und zu Tante Joanas Hütte. Die breite Tür war aus altem Holz. Wir schauten gerne heimlich durch die Holzlöcher hinein, wenn ein Erwachsener dort saß oder sich mit Wasser aus einem Eimer duschte. Die Innenwände des Toiletten-häuschens waren modrig und der Zementboden war immer nass. Es gab keine Klobrille. Für die Spülung wurde verbrauchtes Wasser vom Geschirrspülen und Waschen verwendet, das in einem alten Blechfass aufgefangen wurde. Dieses alte Blechfass stand ein paar Schritte von dem Toilettenhäuschen entfernt. In der Regel standen zwei große Blechdosen gefühlt mit diesem Wasser im Toilettenhäuschen bereit.

Die Bauchschmerzen wurden stärker. Ich sprang aus der Hängematte, ging ins Toilettenhäuschen hinein und sofort wieder hinaus. Ich ekelte mich. Ich wollte Wasser aus dem alten Blechfass holen, aber es war leer.

Meine Bauchschmerzen wurden immer heftiger und ich musste wieder hineingehen. Als ich fertig war, suchte ich nach der Toilettenpapierrolle, die meine Mutter von zuhause mitgebracht hatte. Es hing aber nur ein Stück Zeitungspapier an einem Draht oben an der Wand.

Nach der Siesta spülten die Frauen gemeinsam das Geschirr und wir Kinder trockneten ab. Danach durften wir noch spielen, während die Frauen das Abendbrot vorbereiteten.

Als meine Großmutter und die anderen Frauen außer Reichweite waren, zwinkerte Eliseu mir zu. Einige der Kinder spielten auf der Straße und die anderen pflückten Guaven im Hinterhof. Wir rieben uns Hände und Füße ganz mit rotem Lehmstaub ein und krochen auf allen Vieren auf Beths Terrasse zu. Wir lachten lautlos. Ich fühlte mich frei wie eine Wildkatze. Als der Lehmstaub an unseren Handflächen und Fußsohlen verblasst war, verließen wir die Terrasse, die nun voll von unseren Tierspuren war, säuberten uns die Hände und rannten davon. Eliseu ging auf die Straße zum Spielen und ich zum Guavenbaum.

„Was ist denn das hier?" Wie auf einer Bühne stand Beth allein mitten auf ihrer Terrasse und heulte.

Meine Großmutter, die vier Tanten und alle Kinder liefen herbei. Ich blieb weit von Eliseu entfernt.

„Was ist?", fragte meine Großmutter.

Beth deutete nur mit dem Zeigefinger auf den Boden.

„Liegt jemand tot auf der Terrasse?" Meine Großmutter ging bis an die Terrassenmauer heran.

„Ah! Das ist Kinderwerk!", sagte meine Großmutter, bevor sie uns alle einzeln musterte. Beth heulte immer noch herzzerreißend.

„Calma, Beth!", mahnte meine Großmutter, und mit fester Stimme fragte sie: „Wer war das?"

Wir schauten einander an. Alle sagten gleichzeitig, wo und mit wem sie zusammen gewesen waren. Dann wanderten die Blicke der anderen Kinder zu Eliseu und mir. Meine Augen trafen die von meiner Mutter und ich wich ihrem Blick aus.

Meine Großmutter fragte mich direkt: „Warst du es?" In diesem Moment hörte Beth auf zu heulen und schaute mich mit großen Augen an.

„Wer noch?", fragte meine Großmutter.

Eliseu trat zu mir und senkte den Blick.

„Beth, gib mir einen Besen!", befahl meine Großmutter. Beth holte einen alten Gartenbesen.

Ich zitterte.

„Damit sollte ich euch beide schlagen", sagte meine Großmutter, während sie den Besenstiel mit Autorität vor sich hielt, „um euch eine Lektion zu erteilen." Ihr gutes Augen funkelte und meine Zähne klapperten vor Angst. Ich fing an zu schluchzen.

„Entschuldigung Oma!", sagte ich, und Eliseu stimmte mit ein: „Entschuldigung, Tante Beth." Er betonte das Wort „Tante".

„Beth, lass sie den Boden sauber machen. Alle anderen haben hier nichts zu suchen", bemerkte meine Großmutter.

Beth sah nicht aus, als wäre sie mit der Strafe zufrieden, aber sie wagte nicht, sich gegen meine Großmutter zu stellen. Sie blieb vor der Terrasse stehen, um unsere Arbeit zu beaufsichtigen. Wir wuschen den Boden mit Wasser und Creolin. Dann trockneten wir ihn mit sauberen Tüchern ab. Beth gab uns rotes Wachs, mit dem wir den Boden bestrichen.

„Jetzt polieren, bis er wieder glänzt!", sagte sie und überreichte uns zwei alte Tücher. Wir stellten uns aufrecht auf die Tücher und machten langsame Bewegungen. Da schrie sie: „Auf allen Vieren, so wie ihr meinen Boden dreckig gemacht habt!"

Mit hängenden Köpfen polierten wir die Terrasse auf allen Vieren. Ich traute mir keinen Blick mit Eliseu zu tauschen.

„Hier!", rief Beth und ich hob den Kopf. Sie deutete die Stelle am Eingang der Terrasse, vor ihren Füßen. Dort waren noch Reste von Wachs. Ich krabbelte zu ihr. „Du muss mehr Kraft anwenden".

Tante Joana erschien: „Was soll dieses Theater, Beth?", fragte sie. „Warst du nie ein Kind?"

„Wenn du deinen Sohn gut erzogen hättest, Joana."

„Weißt du, was du brauchst?", fragte Tante Joana. Beth machte ein kindliches Gesicht und schluchzte. „Einen Mann", erklärte Tante Joana.

Beth weinte so laut, dass meine Großmutter zur Terrasse eilte.

„Es ist genug!", rief sie. „Immerhin ist das hier mein Grundstück. Wer nicht zufrieden ist, darf ausziehen."

Die beiden Tanten verschwanden. Tante Joana eilte mit erhobenem Kopf davon. Beth entfernte sich mit hängenden Schultern und warf mir einen verständnislosen Blick zu.

„Kinder! Macht das hier ganz schnell fertig und geht danach duschen!", befahl meine Großmutter.

Hinter dem Haus duschten wir uns mit Gießkannen, machten uns fertig und warteten an der Terrassenmauer auf das Essen. Es wurde schon dunkel, aber es gab kein Zeichen von Abendessen. Ich wurde ungeduldig, denn ich konnte wieder etwas zu essen vertragen.

„Wann essen wir, Mama?", fragte ich.

„Gleich!"

Endlich kam meine Großmutter und rief uns auf die Terrasse zum Essen. Obwohl die Terrasse geräumig war, standen wir alle ganz dicht gedrängt, weil wir so viele waren. Auf dem Wohnzimmertisch an der Terrassenwand stand ,Cuscus', ein süßer Pudding aus Tapioka, Milch und Kokosraspeln, außerdem Milchreis, Maisbrötchen mit Mortadella, Hotdogs, Maiskolben, Erdnusspralinen und Ki-Suco mit Erdbeergeschmack. Ich stellte mich in die Schlange, denn Selbstbedienung gab es nicht. Ich wollte mit Milchreis beginnen, zubereitet mit Kondensmilch, Zimt und Limettenraspeln.

Plötzlich erschien Tante Joana mit einem runden Kuchen auf einem Holzbrett. Alle sangen gemeinsam und klatschten dabei in die Hände: „Parabéns pra você!" „Zum Geburtstag viel Glück!" Der Kuchen sah so ähnlich aus wie der Sahnekuchen mit bunten Kugeln von unserer Nachbarin Dona Zilda, an dem unser Hund gestorben war. „Oh!" sagte ich und mein Mund blieb offen, wie von einem Baby, das auf einen Löffel Brei wartet. Noch nie hatte ich einen Geburtstagskuchen bekommen! Ich konnte es nicht glauben!

Oma umarmte mich fest, und dann folgte eine wichtige Aufgabe für das Geburtstagskind: Ich musste den Kuchen anschneiden und die ersten drei Stücke meinen drei liebsten Menschen anbieten. Mama half mir dabei, das erste Stück sauber abzuschneiden. Wie eine Orchesterdirigentin hielt sie meine Hand und dirigierte ein großes Messer. Als wir das erste Stück Kuchen auf einen Pappteller legten, wurde es ganz still auf der Terrasse. Ich hörte nur die Grillen singen. Ich überreichte Oma das erste Stück. „Viva!", rief die Menge unter Applaus und verstummte dann wieder. Wir schnitten das zweite Stück ab. Ich gab es meiner Mutter. „Viva!", riefen sie erneut und wurden wieder still. Wir schnitten das dritte und letzte Stück ab und ich schaute in die Runde. Wem sollte ich das Stück geben? Tante Joana, die mir den Kuchen gebacken hatte, Beth, als Lieblingsnichte oder Ana, meiner ältesten Schwester? Dann entdeckte ich Eliseus bettelnden Blick. Ich schaute weiter: Da war Amarinho ganz hinten. Ich verließ meinen Platz und ging durch die Menge auf ihn zu: „Für dich in Papas Namen." Diesmal war das Viva leiser.

Auf dem Rückweg im saß ich neben Olímpia und schlief mit dem Kopf am Fenster ein. Ich wachte nur kurz auf als wir umsteigen mussten. Während der Fahrt träumte ich von unserem Hund Veludo und dem Kuchen der Nachbarin Dona Zilda, als ich die Stimme meiner Mutter hörte, die mich zurück in die Gegenwart holte: „Aufstehen! Wir sind da! Aussteigen!"

Ich nickte und schlief weiter. Plötzlich spürte ich einen festen Griff an meinem Arm und ich wurde schlafend durch den Gang zum Fahrer gezogen und weiter die drei Stufen aus dem Bus hinaus. Der Bus fuhr ab. Mama hatte ihre Zählung durchgeführt und ich hatte nicht mit „Hier" geantwortet.

KAPITEL 11

„Hier, Madame! Drei Küken für den Preis von einem!",
rief ein Vogelhändler auf dem Wochenmarkt.

„Mama, kauf mir doch drei!", bat ich, während ich
mich von ihrer Hand losriss. Ich lief durch die Menge
zu dem Vogelhändler. Eine alte große Umzugskiste aus
Holzlatten stand auf dem glühend heißen Kopfsteinpflaster – voller Küken. Die Tiere lagen so dicht
beieinander, dass sie sich kaum bewegen konnten.
Nicht einmal Wasser hatten sie bei dieser Hitze. Meine
Mutter kam hinter mir her.

„Du kannst nicht einfach so weglaufen!"

Meine Augen waren nur auf ein paar weiße Küken
gerichtet, die kraftlos piepsten und müde oder krank
zu sein schienen.

„Nimm lieber drei von den dunklen!", sagte meine
Mutter. „Die können vielleicht überleben."

Wir kauften häufiger Küken bei Händlern an der
Haustür. Meine Mutter legte die Neugeborenen in
einen Schuhkarton und hängte eine Glühbirne über
ihre Köpfe, um die Wärme der Mutter zu ersetzen. Die
wenigen, die überlebten und groß wurden, starben
unter dem Messer meiner Mutter und landeten im
Kochtopf. Aber so lange sie lebten, kümmerte ich mich

gerne um sie. Ich musste jeden Tag schauen, ob sie noch am Leben waren, den Schuhkarton säubern, ihnen Wasser geben und sie füttern.

Der Vogelhändler streckte meiner Mutter die freie Hand hin, um zu kassieren. Mit der anderen gab er mir drei dunkle Küken in einer Papiertüte mit kleinen Löchern, damit sie Luft bekamen.

„Jetzt musst du sie die ganze Zeit lang tragen."

Ich nickte zufrieden. Der Markt war voll und um die Küken zu schützen, hielt ich die Papiertüte vor mir. Sie piepsten fröhlich.

„Mama, sollen wir Vogelfutter kaufen?"

„Ja." Sie seufzte. „Ohne Futter kommen sie nicht durch."

Wir gingen weiter und fanden einen anderen Vogelhändler. Er verkaufte lebendige Hühner und Hähne, aber auch Vogelfutter. Es stank nach Hühnerkacke. Es waren zu viele Vögel für so wenig Platz und sie schrien kläglich. Wir stellten uns hinter eine Frau, die einen kleinen weißen Schirm aufgespannt hatte. Als sie sich bewegte, um ihre Ware zu bestellen, hätte sie mit der Spitze ihres Sonnenschirms fast das Auge meiner Mutter getroffen. Meine Mutter warf den Kopf zurück und legte eine Hand vor ihr Auge.

„Desculpa!", entschuldigte sich die Frau. Es war unsere Nachbarin Dona Zilda. „Ich kann diese Wärme direkt auf dem Kopf nicht ertragen, wissen Sie. Davon kriege ich Kopfschmerzen", sagte sie. Ich las auf dem

Gesicht meiner Mutter, dass sie Dona Zilda nicht leiden konnte.

„Bitteschön!" Der Vogelhändler klatschte ungeduldig in die Hände.

„Ich kriege ein schwarzes Huhn", bestellte Dona Zilda. „Das da bitte!" Sie deutete auf ein großes Huhn.

Die Hühner kämpften um ihre Freiheit, als der Mann es aus dem Käfig holte. „Auaaaa!" Er wurde in die Hand gepickt. Ich lachte laut. Auf einem Tisch band er die Füße des Huhns mit einer Kordel zusammen und wickelte es in Zeitungspapier, ließ aber den Kopf frei und übergab es seinem Schicksal. Als Dona Zilda sich zum Gehen umdrehte, fiel mir auf, dass sie von Kopf bis Fuß in weiß gekleidet war. Das arme Tier sollte bestimmt für ein Macumba-Ritual geopfert werden. Ich spürte, wie meine Beine und Armen schwach wurden und die Tüte mit den Küken fast aus meinen Fingern rutschte.

„Jesus, bedecke mich mit deinem heiligen Mantel", flüsterte ich rasch. Ich schaute aus dem Augenwinkel zu meiner Mutter. Aber sie zählte ruhig das Wechselgeld.

Wir gingen weiter die Straße entlang. Die nächsten Händler hatten ihre Ware auf Tischdecken oder Plastikfolien am Straßenrand ausgebreitet und saßen dahinter auf dem Bürgersteig. Wir blieben bei einer alten Frau mit schwarzem Kopftuch und Kleid stehen. Sie trauerte bestimmt um den Verlust ihres Mannes, dachte ich, als ich zwei goldene Ringe an ihrem linken Ringfinger entdeckte, eine Tradition der katholischen Kirche. Sie saß auf einem Klappstuhl und verkaufte frische Kräuter.

„Was fehlt euch?", fragte die zahnlose Frau und machte die Augen klein, als könnte sie nicht gut sehen oder versuchte etwas zu erraten.

„Wir sind kerngesund", antwortete meine Mutter mit strenger Stimme. Plötzlich beugte sie sich vor, als wollte sie der alten Frau ein Geheimnis verraten. „Aber meine älteste Tochter, wissen Sie." Die alte Frau streckte ihr den Kopf entgegen und drehte das Ohr zu ihr. „Sie hat starke Schmerzen bei der Periode und verliert viel Blut." Meine Mutter machte eine Pause und ein trauriges Gesicht. Periode und Blut, danach musste ich Mama später unbedingt fragen.

„Ah!", sagte die Alte und lachte, als wäre ihr ein Licht aufgegangen. Sie durchwühlte die Sträuße und fand das Ende des Leidens meiner Schwester Ana. „Hier!" Sie reichte meiner Mutter einen Strauß mit kleinen Blättern. „Machen Sie damit eine große Kanne Tee." Meine Mutter nickte. „Eine Woche vor ihrer Periode soll Ihre Tochter jeden Tag eine Tasse davon trinken."

Meine Mutter sah entspannt aus. Sie bezahlte und bedankte sich mit einem Lächeln. Sie steckte die Kräuter vorsichtig in ihre Einkaufstasche auf Rädern. Wir gingen weiter. Die Händler, die Widerstände für

Bügeleisen, Kabel und Steckdosen, Putzmittel, Gartenbesen und Nähzeug verkauften, boten laut ihre Ware
feil. Einige verließen ihren Platz und gingen auf die
Kunden zu.

„Mama, warum verliert Ana viel Blut?" Ich musste
fast schreien.

„Nicht so laut!"

„Ist es ein Geheimnis?"

„Das wirst du erfahren, wenn du größer bist",
sagte sie rasch, als hätte sie keine Zeit zu antworten. Ich
machte mich lang und ging mit großen Schritten, als
wäre ich eine Erwachsene. Meine Küken spürten die
Bewegung und wurden unruhig.

„Was kaufen wir noch, Mama?"

„Ich brauche Tomaten und Chuchu."

„Willst du Chuchu mit Krabbensoße machen?"

Sie nickte.

‚Chuchu', ein hellgrünes birnenförmiges Gemüse
mit feinem Geschmack, aß ich gerne halbiert und
gefüllt mit Hackfleisch in Tomatensoße. Krabben
mochte ich nicht, nur den Geruch. Wenn Mama
Krabbensoße mit viel Knoblauch, Zwiebeln, Tomaten,
Petersilie, Schnittlauch und Paprika kochte, erfüllte der
Duft unseren Garten. Wir fanden einen Gemüsestand.
Die Tomaten waren auf einem Holzständer pyramiden-
förmig angeordnet. Aber oben auf der Spitze zeigte
sich statt Tomaten der schwarze Kopf des Händlers mit
weißer Mütze.

„Suchen Sie sich die Tomaten selbst aus, Madame!", sagte er zu meiner Mutter, während er ihr eine Papiertüte überreichte. Sie nahm einige in die Hand: „Sie sind fest", sagte sie. Sie hielt sich eine Tomate unter die Nase: „Und aromatisch!"

Der Gemüsehändler schien sie nicht zu beachten. Er schaute bloß mit großen Augen über meinen Kopf hinweg und rief: „Mulher bonita não paga, mas também não leva!"

Ich drehte mich um, um zu sehen, wen er mit seinem Spruch wohl meinte: "Schöne Frauen zahlen nichts, nehmen aber auch nichts mit."

Eine Frau mit kurzen braunen Haaren und großen Ohrringen lächelte mir freundlich zu. Lippen, Fingernägel und Fußnägel hatten denselben Farbton – rot.

„Schwester Madalena", rief ich voller Freude und erwiderte ihr Lächeln. Ihre Katzenaugen glänzten. Sie sah etwas rundlich aus in ihrem weiten ärmellosen Baumwollkleid, das über dem dicken Bauch zusammengebunden war. Aus den offenen Schuhen sahen geschwollenen Füße heraus. Trotzdem sah sie immer noch hübsch aus. Sie stellte sich neben mich und ich roch den Rosenduft ihrer Haare. Meine Küken, die ich dicht am Bauch trug, fingen an zu piepsen. Vorsichtig öffnete ich die Papiertüte und zeigte sie ihr. Sie strich ihnen über die Köpfchen und ihre Augen wurden feucht. Sanft nahm sie meine Hand und legte sie auf ihren dicken Bauch. Ich spürte, wie ihr Baby hüpfte.

„Hier Madame!" Der Gemüsehändler gab auch ihr eine Papiertüte.

„Mama, schau mal, wer da ist!", rief ich.

„Gottes Frieden!", grüßte Schwester Madalena verlegen.

Meine Mutter wandte sich ab. Mechanisch nahm sie eine Tomate nach der anderen in die Hand, drehte sie sorgfältig um und legte sie wieder zurück.

Schwester Madalena holte ihre Geldbörse aus der Einkaufstasche und bezahlte. Sie lächelte mich an und ging davon.

„Ich nehme noch Chuchu!", sagte meine Mutter zu dem Gemüsehändler. Sie stach mit dem Nagel ihres Zeigefingers in das Gemüse. Wenn sie keinen Widerstand spürte, steckte sie es in eine Tüte. So überprüfte sie, ob das Gemüse weich genug zum Kochen war. Als ich mich umdrehte, war Schwester Madalena in der Menschenmenge verschwunden.

Nach ein paar Schritten bot uns ein Obsthändler mehrere Sorten von Orangen zum Probieren an. Die Birnenorange war sauer. Meine Mutter probierte ein Stück von der Lima-Orange. „Ich nehme ein Dutzend davon", sagte sie zu dem Obsthändler, der sich freute.

„Mama, wir sind keine Babys mehr." Babys dürfen nur Lima-Orangesaft trinken, weil sie keine Säure haben.

„Der Saft von Lima-Orangen ist auch gut für die Verdauung", mischte sich der Händler ein.

„Mama, wer von uns hat Probleme mit der Verdauung?"

„Fast jeder", bemerkte der Mann.

Ich hielt die Hand seitlich an den Mund und streckte ihm die Zunge heraus. Meine Mutter schien es nicht zu bemerken, denn sie sagte nichts.

Es roch nach Meer und frischem Fisch. Von rechts und links riefen die Fischhändler ihre Angebote aus. Auf Wunsch putzten und filetierten sie kostenlos die Fische. Wir fanden ein gutes Angebot für Krabben bei einem Händler, der außerdem noch hässliche Meeresfrüchte verkaufte. Meine Mutter wollte nur ein Kilo von den kleinsten Krabben kaufen. Sie waren die billigsten.

„Ich kann nur die großen putzen, Madame!", bemerkte der Fischhändler. „Wollen Sie nicht lieber die großen nehmen?" Er steckte die Hände in die Krabben und holte eine große Menge heraus, während er meine Mutter anschaute. „Nur für Sie mache ich einen guten Preis."

„Nein, ich nehme lieber die kleinen", sagte sie mit fester Stimme.

Während sie das Geld aus der Börse zusammenkratzte, blickte ich um mich und suchte Schwester Madalena.

„Gottes Frieden, Schwester!" Es war die Frau des Pastors. Wie sie vor uns erschienen war, konnte ich nicht sagen.

„Gottes Frieden!", grüßte meine Mutter. „Wollen Sie auch Krabben kaufen?", fragte sie und beugte sich vor, um die Krabben in die Einkaufstasche zu stecken.

„Nein, ich wollte Sie nur begrüßen."

Meine Mutter war wie versteinert und als sie sich aufrichtete, strahlte sie übers ganze Gesicht.

„Ich habe Schwester Madalena hier auf dem Markt gesehen", sagte ich rasch. Meine Mutter sah mich an wie der böse Wolf. Ich schaute weg und in dem Moment sah ich Schwester Madalena beim Fischhändler gegenüber.

„Da!", rief ich und zeigte in die Richtung. Brüsk hielt meine Mutter meinen Zeigfinger fest.

„Das gehört sich nicht."

„Ich sehe nichts", sagte die Frau des Pastors erstaunt.

Ich schaute um und sah ebenfalls kein Zeichen von Schwester Madalena. War es eine Vision gewesen? War ich verrückt? Meine Küken piepsten laut.

„Gleich sind wir zuhause, Babys", sagte ich zu ihnen. Ich spürte die Wärme ihrer kleinen Körper an meiner Brust. Es tat mir gut. Wir verabschiedeten uns von der Frau des Pastors und machten uns auf dem Weg nach Hause.

KAPITEL 12

Es war an einem Samstag, als Amarinho und ich unseren Vater zum Mittagessen holen sollten. In dieser Woche war er fleißig zur Arbeit gegangen und hatte nur am Feierabend Bier getrunken. Am Gartentor hörte ich schon die Stimmen, die aus dem Laden von Senhor Ronaldo kamen. Die Kneipe war voll. Einige Männer standen sogar mit Biergläsern auf dem Bürgersteig. Bier schäumte über und tropfte auf den heißen Zementboden. Mein Vater, Senhor Osvaldo und Senhor Dorival standen in der Kneipe, tranken Bier und unterhielten sich. Amarinho und ich blieben am Eingang stehen. Ich wollte mich nicht durch die Horde schwitzender Männer mit freien Oberkörpern drängen. Senhor Ronaldo, der hinter dem Tresen stand und bediente, entdeckte uns und rief: „Amaro!".

„Diese Runde geht auf mich, Senhor Ronaldo!", rief mein Vater.

Senhor Ronaldo deutete mit dem Kinn auf uns. Aber mein Vater kam nicht. Stattdessen gab er uns ein Handzeichen, dass wir warten sollten. Manchmal beendete er sein Gespräch direkt und kam mit uns, aber manchmal auch nicht. Wir warteten.

„Janio Quadros war ein großer Politiker", schrie Senhor Dorival mit seiner Donnerstimme und nahm einen großzügigen Schluck aus seinem Glas.

„Amarinho, sie reden über Präsidenten."

Amarinho nickte. In der Kneipe hörten wir ständig solche Namen in ähnlichen Diskussionen.

„Er war ein feiger Kommunist", wiedersprach mein Vater. „Aber Vargas hat viel für unser Land getan." Er leerte sein Glas. Schaum klebte an der Stelle eines Schnurrbarts.

„Kubitschek und Brasília. Wozu brauchen wir eine neue Hauptstadt?", lallte Senhor Osvaldo. Er war rot im Gesicht.

„Für mich bleibt Rio de Janeiro immer noch die Hauptstadt", schrie Senhor Dorival.

„Kubitschek hat damit Arbeitsplätze geschaffen", rief mein Vater und goss sich Bier nach.

„Und noch dazu Geld in die eigene Tasche gesteckt!", ergänzte Senhor Dorival und lachte. Die Kneipe schien zu beben.

„Er hat uns nur Schulden hinterlassen, Amaro!", behauptete Senhor Osvaldo.

„Er hat viel für die Wirtschaft getan", entgegnete mein Vater. Seine Stimme klang sehr ernst. Die anderen schüttelten den Kopf. „Außer Kubitschek sind alle Politiker korrupt!", schrie er.

„So ein Blödsinn", rief einer.

„Du bist naiv", rief ein anderer.

Amarinho und ich standen immer noch an derselben Stelle. Mein Vater schien uns vergessen zu haben.

Senhor Ronaldo rief: „Amaro!" und zeigte erneut auf uns.

Mein Vater drehte sich zu uns. „Ich komme gleich, meine Kinder", rief er verlegen und wendete sich wieder seinen Gesprächspartnern zu.

Amarinho und ich liefen zurück nach Hause.

„Politik", sagte Amarinho in der Küche zu meiner Mutter, die am Herd stand.

„Er kommt gleich", sagte ich.

„So ein Streit nimmt kein Ende", sagte sie. „Essen wir lieber. Ihr deckt den Tisch!"

In diesem Moment kam mein Vater wie eine Rakete durch die Küchentür und ging wortlos ins Schlafzimmer. Meine Mutter verdrehte die Augen und sagte: „Oh! Jesus!"

Ich hörte, wie er die Kleiderschranktür öffnete und im Schrank herumwühlte.

„Mama!", rief ich.

Mein Vater erschien im Flur mit seiner Pistole in der Hand, den Lauf zu Boden gerichtet.

„Ich werde denen zeigen, wer Recht hat", sagte er, als er die Küche betrat.

„Kubitschek!", sagte Amarinho. Meine Mutter und ich schauten uns gegenseitig an.

„Amaro", rief sie und stellte sich in den Türrahmen. „Sei vernünftig, Mann!"

„Papa, bitte!", riefen Amarinho und ich, als er an uns vorbeiging.

„Lass mich durch!", befahl er meiner Mutter, und sie trat rückwärts in den Garten.

Amarinho und ich liefen hinter ihm her.

„Papa! Bitte!", riefen wir immer wieder.

„Keine Sorge, meine Kinder", sagte er im Vorgarten, ohne sich umzudrehen. „Ich will diesen Idioten nur einen Schrecken einjagen."

Als er das Gartentor öffnete, schrie meine Mutter hinter uns: „Lasst ihn gehen! Das ist Satans Werk, um unseren Frieden zu stören."

Wir gingen zurück ins Wohnzimmer und fingen an, auf den Knien zu beten.

„Hinweg, Geist der Unruhe!"

„Jesus, erbarme dich! Misericórdia!"

„Jesus, befreie Papa vom Laster des Trinkens", betete Amarinho.

Plötzlich ertönte die Sirene eines Polizeiwagens.

„Misericórdia Jesus! Misericórdia! Misericórdia!", wiederholte Amarinho.

„Jesus! Höre deine Dienerin!", rief meine Mutter und stand auf. Sie öffnete rasch die Tür, streckte den Kopf hinaus und sagte leise: „Amaro!" Die Sirene schmetterte und wir gingen hinaus in den Vorgarten. Mein Vater stand auf dem Bürgersteig zu unserer

Gartenmauer gewandt. Seine Hand mit der Pistole hing über der Mauer und der Lauf war auf den Boden unseres Gartens gerichtet. Seine kleinen Augen, die ganz groß geworden waren, riefen um Hilfe. Meine Mutter lief zu ihm, nahm ihm die Pistole vorsichtig aus der Hand und legte sie auf die Erde.

„Das Essen ist fertig", sagte sie mit gespielter Höflichkeit.

Ich ging zum Tor und öffnete es, gerade als der Polizeiwagen langsam vorbeifuhr. „Papa, komm rein!", rief Amarinho hinter mir.

Mein Vater war schweißgebadet, als er am Kopf des Esstisches saß.

Am Abend gingen wir zur Kirche. Auf der Brücke über den Fluss blieb meine Mutter stehen, öffnete ihre große Handtasche, nahm vorsichtig die Pistole meines Vaters heraus und ließ sie ins Wasser fallen. Wir standen dabei und schauten zu, wie der Fluss die Waffe verschlang.

Am nächsten Tag wollte meine Mutter einen Zuckerrohrhalm schneiden. Als ich die Tür des Kleiderschranks öffnete, um das Buschmesser zu holen, lag dort das schöne leere Lederhalfter. Mein Vater fragte nie nach seiner Pistole.

KAPITEL 13

Meine drei Geschwister waren in der Kirche in der Jugend-Ferien-Bibelschule. Sie würden erst am Nachmittag zurückkommen. Ich war etwas erkältet, deshalb musste ich zu Hause bleiben. Gelangweilt schaukelte ich im Hintergarten, als ich Beths mädchenhafte Stimme erkannte. Mir war klar, dass sie mit jemandem sprach, obwohl ich niemand anderen sprechen hörte, nur Beth. Neugierig sprang ich von der Schaukel und lief zum Seitengarten, wo ich sie unter dem Mangobaum stehen sah. Mir fiel die Kinnlade herunter, als ich Eliseus glanzlose Augen erblickte. Er versteckte seine rechte Hand hinter dem Rücken, als hätte er eine Überraschung für mich.

„A benção Tante Beth!", sagte ich. Sie segnete mich und lachte.

Ich ging auf Eliseu zu und umarmte ihn. Er erwiderte meine Umarmung nur mit dem linken Arm. Der andere blieb weiter hinter seinem Rücken versteckt.

„Eliseu, hast du einen Lutscher mitgebracht?"

„Lutscher?", mischte sich Beth ein.

Ich ging im Halbkreis um ihn herum, um zu sehen, was er hinter dem Rücken verbarg. Es war seine rechte Hand, die in einem Verband steckte. Er hob sie vor die Brust.

„Warum hast du deine Hand versteckt?"

Meine Mutter erschien aus der Küche und ging auf Eliseu zu. Sie streckte ihm ihre rechte Hand entgegen und segnete ihn.

„Eliseu, was hast du mit deiner Hand gemacht?", fragte sie mit gerunzelter Stirn.

„Er hat sich verbrannt", sagte Beth und lachte verlegen.

Beth und Mama gingen voran in die Küche.

„Eliseu!" Ich untersuchte mit den Augen seine Hand. „Wo hast du dich verbrannt?"

Er antwortete nicht.

Während ich für alle Wasser aus dem Wohnzimmer holte, hörte ich Beth erzählen: „Ich habe Urlaub und es sind Schulferien. Seine Eltern haben mich gebeten, auf ihn aufzupassen, während sie arbeiten."

Es klang, als ob Eliseu ein großes Baby wäre. Ich lachte darüber. Als ich mit dem Wasser zurückkam, sah ich vom Flur aus meine Mutter im Eltern-schlafzimmer. Sie versteckte ihre Geldbörse in einer Kommodenschublade zwischen der Unterwäsche meines Vaters. Als sie mich erblickte, legte sie den Zeigefinger vor den Mund und ich nickte.

Während ich das Wasser in die Gläser goss, fragte ich Eliseu, ob er Kleidung zum Spielen brauchte. Ich gab ihm ein paar alte Shorts und ein löchriges T-Shirt von Amarinho.

„Ihr beiden, geht in den Garten spielen! Ich bringe euch gleich etwas zum Knabbern." Meine Mutter wollte uns sicher loswerden, um mit Beth allein zu sein.

Wir verließen die Küche und gingen hinaus in den Garten, wo Pelé in seiner Hütte schlief, und setzten uns auf die dicken Wurzeln des Avocadobaums in den Schatten. Es war Winter, Mitte Juli, aber die Sonne brannte auf der Haut. Erst abends wurde es kühl.

„Eliseu, raus mit der Sprache!" Ich hörte mich wie eine Erwachsene reden und musste über mich selbst lachen. Er lachte auch. „Endlich kann ich wieder deine schönen Zähne sehen." Langsam erkannte ich meinen lieben Cousin wieder. „Eliseu", sagte ich und bohrte meinen Blick in seine Augen. „Warum erzählst du mir nicht, was wirklich passiert ist?"

„Ich habe mir die Hand am Herdfeuer verbrannt." Er schaute hoch, als suchte er Avocados.

„Wann war das?"

„Vor zwei Wochen."

„Bei euch zu Hause?"

„Du willst alles wissen, nicht wahr?" Jetzt schaute er nur auf seinen Verband. „Beim Reiskochen."

„Eliseu", ich seufzte verärgert, „seit wann kochst du?" Bei Tante Joana kochten nur die Mädchen.

„Primavera!" Er stöhnte und verdrehte die Augen. "Reis kann jedes Kind kochen."

„Eben, deswegen könntest du dir unmöglich die Hand dabei verbrennen."

„Das heißt, du glaubst mir nicht?"

„Genau! Weil ich dich gut kenne." Ich schaute zu dem hohen Avocadobaum und suchte vergeblich nach Früchten. Die Zeit war schon längst vorbei. „Hast du Lutscher mitgebracht oder nicht?" Ich schaute ihm ins Gesicht und sah Panik.

„Nein, wieso?", fragte er. „Hast du einen dabei?"

„Nein." Ich sah ihm direkt in die Augen. „Woher hattest du das Geld für die beiden Lutscher letztes Mal bei Oma?"

„Ich hatte von der alten Dona Maria Geld bekommen, als wir aus ihrem Brunnen Wasser holten."

„Hat sie dir einfach so Geld gegeben, nur weil du so schön lachen kannst?"

„Du nervst mich, weißt du das?"

Seine Stimme traf mich hart und mir war schlagartig peinlich, ihn so verhört zu haben.

„Wer hat dich bestraft, Eliseu?"

Seine Lippen bebten. Ich spürte, dass er sich aussprechen wollte. Aber es fiel ihm schwer. Eliseu war unser Anführer und außerdem musste ein Junge immer tapfer sein.

„Deine Mama oder dein Papa?"

Er schaute mich mit großen Augen an und Tränen liefen ihm über die Wangen bis zu den Löchern im T-Shirt auf seiner Brust.

„Dein Papa?" Er schüttelte den Kopf.

„Tante Joana? Oh Gott! Ich kann es nicht glauben." Ich legte den Arm um seine Schultern und auch mir liefen die Tränen. Meine liebste Tante! Vor meinem geistigen Auge sah ich sie auf der Terrasse bei Beth mit meinem Geburtstagskuchen auf einem Holzbrett. Ich hörte sie, wie sie Beth unseretwegen beleidigte. Ich schluchzte leise. Eliseu liefen immer noch die Tränen.

„Weiß Oma davon?"

„Nein! Bist du verrückt?" In seinem Gesicht zeigte sich Angst. „Keiner darf davon wissen, sonst könnte Oma Mama bestrafen." Er wischte sich mit der linken Hand über das Gesicht.

„Auge um Auge, Zahn um Zahn?", fragte ich.

Er nickte. „Primavera!" Er klang jetzt ernst, wie ein Erwachsener. „Du musst mir versprechen, dass du es niemandem weitererzählst." Er tat mir leid. „Mama kann ins Gefängnis kommen." In seinem Gesicht war wieder Panik.

„Hast du Angst vor ihr?"

„Nicht mehr." Selbst wenn er Angst vor Tante Joana hätte, würde er es mir nicht sagen.

„Ich verspreche es ..." Ich schaute ihm tief in die Augen. „Aber nur, wenn du mir versprichst, dass du nie wieder klaust."

Wir hoben beide die rechten Hände zum Schwur, er seine verbundene und ich meine gesunde. Unsere Hände trafen sich.

KAPITEL 14

Nach der Mitgliederversammlung unterhielt sich meine Mutter am Küchentresen mit der Frau des Pastors. Ich lief vor ihnen den Gang auf und ab. Als ich mich näherte, hörte ich die Frau des Pastors fragen:

„Haben Sie schon das mit Madalena gehört?"

Meine Mutter machte ein neugieriges Gesicht und die Frau des Pastors erzählte.

„Madalena und ihr Mann sind ums Leben gekommen."

„Não!", schrie ich.

Meine Mutter griff mich am Arm und ermahnte mich mit einem bösen Blick. Ich sollte mich nicht in ein Gespräch von Erwachsen einmischen. Neugierig schwieg ich. Schwester Madalena wohnte in einem Häuschen auf dem Hügel in einer Favela. Bei einem Sturm war es eingestürzt. Sie und ihr Mann fanden den Tod. Es wurde in den Fernsehnachrichten gezeigt, weil Lena, die kleine Tochter, mehrere Stunden lang begraben war, bis sie noch lebendig gefunden wurde.

„Wie konnte ich das wissen! Ich habe keinen Fernseher. Fernsehen ist Teufelswerk. Gottes Frieden!", sagte meine Mutter.

„Gottes Frieden, Schwester!"

KAPITEL 15

Es schellte zur Pause. In der Schulkantine gab es an jenem Tag ‚Melado‘, Zuckerrohrsirup. Schon morgens um sieben Uhr, als ich auf dem Schulhof in Reih und Glied gestanden hatte, um in die Klasse zu gehen, hatte ich den Geruch wahrgenommen. Ich mochte Süßspeisen, aber auf ‚Melado‘ konnte ich verzichten. Allein die Erinnerung an diesen lauwarmen und zähflüssigen Sirup macht mich noch heute krank. Ich hatte einmal einen schweren weißen Becher vom Tresen der Schulkantine geholt und daraus einen Schluck getrunken. Mir war übel geworden. Bei der Geschirrabgabe hatte eine Aufseherin in jeden Becher hineingeschaut.

„Das hier kostet Steuergelder. Sei froh, dass du überhaupt eine Mahlzeit bekommst, Mädchen!"

Ich musste den ‚Melado‘ austrinken. Anschließend, während die Mitschüler aus der Kantine zum Hof geeilt waren, um zu spielen, war ich zur Toilette gelaufen, um meinen Magen zu entleeren.

Also blieb ich in der Pause lieber im Klassenraum. Sara, die neben mir saß, stand auf und ging zu einer kleinen Gruppe, die hinten im Raum über Kinder und ein Schiff plauderte. Sie fing an „Cai, cai balão" zu singen. Die Kinder stimmten ein und bewegten gleichzeitig den Oberkörper hin und her. Sie schauten zur Decke und streckten die Hände nach oben, als ob sie einen Luftballon fangen wollten. Ich hätte gerne mitgesungen und mitgetanzt. Ich kannte viele Kinderlieder, aber nur die aus dem Kirchenchor, Lieder, die sie wahrscheinlich nicht sangen, denn ich war die einzige Evangelikale in der Klasse. Sie würden mich auslachen, wenn ich anfinge, in der Pause Kinderkirchenlieder anzustimmen. Mit den Oberarmen fest an den Körper gedrückt drehte ich mich auf meinem Stuhl nach rechts und links und streckte die Finger in die Richtung der Kinder, um ihren angeblichen Luftballon zu greifen. Nein, ich durfte nicht tanzen. Ich richtete mich auf dem Stuhl auf und schlang die Arme fest um mich selbst. Nachdem sie gesungen hatten, erzählte Sara von dem Zeichentrickfilm ‚Pica-Pau' und machte eine nasale und schrille Stimme. Vielleicht wollte sie einen Specht imitieren. Es konnte nur so sein, denn keiner redete so. Die Kinder lachten und auch ich fand es lustig. Ich stand auf und ging näher an sie heran, aber sie hatten einen dichten Kreis um einen Tisch gebildet, so dass ich außen vor blieb. Also kehrte ich zu meinem Sitzplatz zurück. Es schellte und Sara setzte sich wieder auf ihren Platz neben mir.

Ich flüsterte ihr ins Ohr: „Habt ihr einen Fernseher?"

Denn ich wusste, dass sie in einer Favela wohnte und viele Geschwister hatte.

„Nein, aber wir sehen bei unserer Nachbarin."

In unserem Hintergarten erkannte ich die Kirchenmusik aus dem Radio, das in der Küche lief. Meine Mutter saß auf dem einzigen Stuhl an dem kleinen Tisch. Ich schwitzte in meiner Schuluniform.

„Ich hole dir Wasser aus dem Kühlschrank", sagte meine Mutter und verließ die Küche. Wir durften den Kühlschrank nicht öffnen, wenn wir aus der Sonne kamen. „Sonst holt ihr euch eine Lungenentzündung", hieß es. Meine Mutter gab mir ein Glas Wasser. In einem Zug trank ich es aus. Dann fragte sie mich nach meinem Schultag. Ich erzählte ihr nichts von dem Ereignis in der Pause, nicht davon, dass ich ausgeschlossen war, als die Kinder über das Fernsehprogramm redeten.

Nach dem Mittagessen spielte ich mit meinen Schwestern im Garten Verkaufen. Wir sammelten die gelben Mangoblätter vom Boden auf. Einen Teil davon verkaufte Ana, als wäre es Fisch. Den Rest der Blätter benutzten wir als Geldscheine. Ich war die Kundin. Ana bot mir Sorten an wie ‚Peixe-espada', ‚Namorado', ‚Robalo' und ‚Sardinha'. Ich bestellte Sardinen, weil die am frischesten aussahen, und Olímpia packte meine Ware in Brotpapier und kassierte.

„Kinder! Kommt in den Schatten!"

Wir warfen die Blätter hoch und sprangen wie kleine Frösche durch den Hintergarten dorthin, von wo unsere Mutter gerufen hatte. Sie stand zwischen Bananenbaum und Zuckerrohr. Die Bananen waren noch grün. Sie wählte ein Zuckerrohr, dessen Halm rotbraun war, also fertig zum Schneiden.

„Mama, darf ich das Buschmesser holen?"

„Aber sei vorsichtig!"

Durch die Küche ging ich ins Elternschlafzimmer. Das Buschmesser lag unter den Kopfkissen in dem alten Kleiderschrank, wo früher die Pistole war. Ich hob die Kissen mit einer Hand an und zog das Messer an seinem Metallgriff heraus. Die Klinge steckte in einer eleganten Hülle aus dickem braunem Leder. Ich trug das schwere, lange Teil auf ausgestreckten Händen in den Garten hinaus. Mit einem Schlag schnitt meine Mutter den Zuckerrohrhalm tief am Boden ab. Dann entfernte sie die Blätter. Mit einem Küchenmesser schälte sie die Stange und teilte sie in mehrere Stücke, wobei sie die harten, nicht essbaren Stellen entfernte. Ana hielt eine Plastikschüssel bereit und meine Mutter warf die fingergroßen Stücke hinein. Dann setzten wir uns auf den Betonboden, der am Haus entlanglief, und kauten die saftigen Zuckerrohrstücke. Der süße Saft lief vom Mund herunter auf die Brust und blieb an unseren T-Shirts kleben. Bei mir lief die Flüssigkeit zusätzlich aus dem

Mundwinkel über die Hand bis zum Ellenbogen und tropfte auf den Betonboden, wo sich sofort die Bienen sammelten. Die Schüssel wurde halb leer. Da fragte meine Mutter Ana und Olímpia: „Wie war es heute in der Schule?"

Ana redete etwas von Algebra und heißer Milch in der Kantine. Olímpia erzählte von Multiplikation und Haferbrei. Ich kaute ein Stück Zuckerrohr. Damals wusste ich noch nicht, dass aus diesem Fruchtfleisch der ‚Melado' gemacht wurde, der mir so viel Übelkeit bereitete. Gemeinsam beseitigten wir die Abfälle und wuschen den Boden mit Wasser ab.

„Zeit zum Lernen! Holt eure Ranzen", sagte meine Mutter und gestikulierte mit dem Besen in der Hand.

Meine Mutter und ich saßen gegenüber von Olímpia und Ana an dem schweren Tisch, der hinter dem Haus stand. Er war stabil, aber die langen Bänke wackelten. Tisch und Bänke hatte mein Vatter aus Holzbrettern zusammengenagelt. Ich schrieb in mein Heft und schob es zu meiner Mutter hinüber. Sie sah es durch und reichte es mir zurück. Dann tippte sie mit dem Zeigefinger auf meinen Ranzen und ich holte das Geschichtsbuch heraus. Sie drehte sich zu mir, hielt das Buch offen vor ihr Gesicht und fragte: „Wann wurde Brasilien entdeckt? Wie nennt man den Anführer eines Indianerstamms?" Anschließend fragte sie Olímpia ab. Ana musste selbständig arbeiten. Meine Mutter hatte nur drei Jahre lang die Schule besucht.

Amarinho legte sein Übungsheft und den Bleistift auf den großen Holztisch, wo ich saß und lernte.

„Willst du lernen, Amarinho?", fragte ich.

„Ich will schreiben und lesen lernen. Ich will arbeiten."

„Wo willst du arbeiten?"

„Henkelmann, Bus."

„Ah! Du nimmst deinen Henkelmann, wie Papa, und fährst mit dem Bus", sagte ich, während ich ihn beobachtete.

Er imitierte meinen Vater, der seinen Henkelmann unter dem Arm trug.

„Und wer macht dir den Henkelmann fertig?"

„Mama, für mich und Papa." Er schaute mich fröhlich an. Ich lachte.

„Und wenn du nach Hause kommst, spülst du ihn."

Er schüttelte den Kopf und wir lachten laut.

Ich schrieb ihm die Zahlen von 1 bis 10 untereinander und machte mehrere Reihen von Kästchen daneben.

„Um, dois, três ...", zählte er laut und schrieb die Zahlen in die Kästchen. Er hatte die Übung schon so oft gemacht, dass er keine Erklärung mehr brauchte, und so wendete ich mich meinen Aufgaben zu.

„Mama, wir sind fertig. Darf ich jetzt schaukeln?" Amarinho und ich standen auf, und da landete meine Mutter auch schon mitsamt der Bank auf dem Boden.

Die Nägel hatten sich gelöst und ein Fuß der Bank war nach innen zusammengeklappt.

Als mein Vater nach Hause kam, zeigte ich ihm die kaputte Bank.

„Hol den Hammer und die Nageldose", sagte er.

Während er die alten Nägel entfernte, erzählte ich ihm von Sara, die in der Pause mit den Schulkameraden über Fernsehsendungen gesprochen hatte.

Er blieb still, als ob er mir nicht zuhörte, schlug neue Nägel in das Holz und murmelte: „Ich habe ein Fernsehgerät gekauft."

„Papa!" Ich sprach noch leiser als er. „Dann kann ich jetzt mitreden!"

„Ja", murmelte er und hämmerte weiter.

Meine Mutter bereitete das Abendessen vor, aber nur mein Vater aß. Indessen machten wir uns für die Kirche fertig.

„Kinder! Beeilt euch! Wir kommen wieder zu spät!"

Ich holte meine Sandalen unter dem Bett hervor und ging mit ihnen ins Wohnzimmer, wo mein Vater rauchend am Fenster saß und Radio hörte. Es ertönte die Ouvertüre zur Oper „O Guarany" von Carlos Gomes und dann die Stimme des Reporters der Nachrichtensendung „A Voz do Brasil". Die Sendung lief jeden Abend eine Stunde lang im ganzen Land. Es war 19 Uhr. Draußen war es längst dunkel geworden.

Ich zog mir die Sandalen an und bat meinen Vater um seinen Segen: „A benção pai!" Er streckte mir die rechte Hand entgegen. Ich kniete nieder, nahm sie und küsste sie.

„Deus te abençoe minha filhinha! "

Meine Geschwister wurden ebenfalls von ihm gesegnet. Dann erschien meine Mutter im Wohnzimmer. „Amaro, wir gehen schon."

„Gott ist überall, nicht unbedingt nur in der Kirche." Er drehte den Kopf weg und wir verließen das Haus durch die Wohnzimmertür in Richtung des dunklen Gartens.

Es war ein heißer Abend, aber unsere Straße war ruhig. Wo waren die Jungen, die vor den Häusern Fußball spielten? Und die Mädchen, die auf der Bordsteinkante saßen, sangen und mit den Jungen flirteten? Wo waren die Mütter, die sich vor den Häusern versammelten, um zu klatschen, wie meine Mutter immer sagte? Und die Männer, die unter den Straßenlaternen rauchten und laut diskutierten? Und die Straßenhunde, schliefen sie schon?

Ich sah blitzartige Lichter in den Wohnzimmern, während wir auf dem Bürgersteig an den Häusern vorbeigingen.

„Mama, wo sind unsere Nachbarn?"

„Sie sehen fern. Es läuft eine Telenovela."

Ich öffnete den Mund, aber bevor ich etwas sagen konnte, bemerkte sie vehement: „Fernsehen ist Teufelswerk!"

Wenn meine Mutter so etwas behauptete, dann musste es so sein. Ich hielt ihren Arm mit beiden Händen fest und wir gingen weiter.

In der Kirche predigte Pastor Paulo wieder gegen das Fernsehen: „Anstatt hier vor Gottes Altar zu knien, sitzen sie vor dem Fernsehen, vor Satan!"

Als wir nach Hause kamen, hatte mein Vater sich schon hingelegt. Er musste um vier Uhr aufstehen, um zu arbeiten. Wir aßen am Tisch im Hintergarten. Es war immer noch heiß. Ich betrachtete den Himmel. Er war voller Sterne. Die Worte des Pastors tönten noch in meinen Ohren. „Sie werden in der Hölle schmoren!"

„Escola!" Es war sechs Uhr morgens. Die Stimme meiner Mutter klang kraftlos, als sie uns für die Schule weckte. Sie klatschte nicht in die Hände, sondern schüttelte uns an Armen und Beinen. Nach einer halben Stunde stand ich neben ihr in der Küche in meiner Schuluniform.

„Ist das Radio kaputt, Mama?"

Ich hörte sie schwer atmen. Sie schaltete es ein. Mit einem Stück Brötchen im Mund summte ich das Kirchenlied aus dem Radio.

Als ich von der Schule nach Hause kam, aßen meine Mutter und meine Geschwister im Hintergarten zu Mittag. Meine Mutter hatte Reis, schwarze Bohnen und Sardinen gekocht, dazu gab es Tomatensalat. Ich füllte meinen Teller in der Küche und setzte mich dazu.

„In der Schulkantine hat es Maisbrei gegeben, allerdings ohne Zimt und Kokosmilch, wie du ihn kochst, Mama."

Sie rührte mit der Gabel in ihrem Essen, schaute ins Leere und steckte es in den Mund. Ein paar Reiskörner fielen ihr auf den Schoß. Meine Schwestern sagten nichts.

Dann fragte ich: „Was gab es bei euch in der Kantine?" Als Olímpia mir antworten wollte, legte Ana den Zeigefinger vor den Mund.

Das Fernsehgerät wurde geliefert. Ein Nachbar kletterte aufs Dach, während mein Vater es drinnen einrichtete. Vom Schlafzimmer aus konnte ich beide hören. Wie eine Katze schlich ich mich ins Wohnzimmer. Der Fernseher stand hoch oben auf dem Wohnzimmerschrank, rauschte ein paar Mal und zeigte graue und weiße Punkte auf dem Schirm. Dann endlich das erste Bild: Kinder in Matrosenuniformen standen um einen Kapitän mit langem Bart und Pfeife auf einem Schiff. Sie sangen das Lied, das Sara mit den anderen gesungen hatte. Durchs offene Fenster rief mein Vater dem Nachbarn zu: "Es läuft!"

Keines der Kinder hatte meine Hautfarbe. Die Mädchen trugen Miniröcke und die Jungen kurze Hosen. Die Kinder waren in meinem Alter, aber manche auch kleiner und größer als ich. Ich summte das Lied mit.

„Raus aus dem Wohnzimmer, Mädchen!"

Ich erschrak. Meine Mutter stand in der Tür, die Hände in die Hüften gestemmt. Sie winkte mich ins Schlafzimmer, wo meine Schwestern auf dem Bett saßen.

„Ab jetzt dürft ihr das Wohnzimmer nur noch betreten, wenn der Fernseher nicht läuft. Verstanden?"

Wir nickten.

„Mama", sagte ich wie ein Lämmchen, „ich habe Durst".

Olímpia und Ana blickten mich mit großen Augen an als wäre ich verrückt geworden.

„Dann trinkst du Wasser aus der Küche."

Meine Schwestern verbargen ein Grinsen mit den Händen.

Es regnete heftig, als am ersten Abend der Fernseher lief. Wie ein Fluss strömte das Regenwasser von oben aus der Favela vor unserem Haus vorbei und schnitt uns den Weg zur Außenwelt ab. Also gingen wir nicht in die Kirche, sondern blieben zu Hause. Ich stand bei meinen Eltern in der Küche und sah zu, wie mein Vater sich Bohnen, Reis und Kohlrouladen in

Tomatensoße auf dem Teller füllte und damit allein ins Wohnzimmer ging. Meine Mutter brachte uns Kindern das Essen ins Schlafzimmer, wo sie eine Tischdecke auf dem Boden ausgebreitet hatte. Wir aßen und lauschten auf die Geräusche und Stimmen aus dem Fernseher. Wir konnten gar nicht anders, denn weder unser Kinderzimmer noch das Wohnzimmer besaßen eine Tür. Als wir unsere Teller in die Küche brachten, erwartete uns Mama mit ihrer Bibel und dem Liederbuch vor der Brust.

„Gehen wir in euer Zimmer und halten wir dort einen Gottesdienst!"

Auf dem Bett sitzend sangen wir zweistimmig die Lieder, die behaupteten, wir würden in den Himmel kommen, weil wir Jesu Wort folgten. Danach sangen wir diejenigen, die Satan austrieben. Ich kannte sie alle auswendig. Anschließend las sie ein langes Kapitel aus der Bibel und wir rezitierten gemeinsam einige Psalmen, die wir auswendig kannten.

„Lasset uns beten!" Dann gingen wir auf die Knie. Ich kämpfte gegen den Schlaf, während wir vor dem Bett kniend beteten. Ich spürte, dass ich beinahe aufs Bett oder auf den Boden fiel. „Ich darf nicht einschlafen und umfallen. Sonst denkt Mama, ich wäre vom Satan besessen, und sie muss ihn mir austreiben." Die Angst davor hielt mich wach. Als es im Wohnzimmer still wurde, sagte sie: „Amen!", und wir durften aufstehen und uns fürs Bett fertigmachen.

Am folgenden Abend, als wir uns für die Kirche angezogen hatten und ich ins Wohnzimmer zu meinem Vater gehen wollte, um seinen Segen zu erbitten, stand meine Mutter im Türrahmen.

„Gehen wir durch die Küche hinaus."

Es war schon dunkel, als wir durch den Garten gingen. Unter dem Wohnzimmerfenster sah ich das Gesicht meines Vaters auf das Fernsehgerät gerichtet und blieb stehen, um seinen Segen zu erbitten.

„Wo bleibst du, Mädchen?", hörte ich meine Mutter aus dem Vorgarten rufen und eilte zu ihr.

Während des Gottesdienstes weinte meine Mutter viel. Am Ende bat sie Pastor Paulo um ein persönliches Gespräch. Die Kirche war leer und wir saßen neben der Kanzel.

„Seit gestern ist der Teufel bei uns zu Hause." Sie weinte laut mit gesenktem Kopf. „Mein Mann hat einen Fernseher gekauft."

„Eine kluge Frau baut ihr Haus auf, eine dumme zerstört es mit den Händen", sprach der Pastor und sie schaute zu ihm hoch. „Sie sollten sich nicht gegen ihren Ehemann stellen. Er lebt in der Finsternis, Sie aber im Licht."

Nach der Schule fand ich eine Kokosnuss unter der Palme. Die mit Fasern bedeckte Schale war schon braun und trocken. Als mein Vater von der Arbeit kam, zeigte ich ihm die Nuss, die noch immer dort lag.

„Ah! Die ist schon reif. Das Kokosfleisch ist bestimmt hart und das Wasser süß."

„Papa, soll ich das Buschmesser holen?"

Ana, Olímpia und Amarinho kamen dazu. Wir Kinder löffelten sonst immer das weiße Fruchtfleisch aus der Schale, nachdem meine Eltern sich das Wasser geteilt hatten.

„Calma! Ich ziehe mich zuerst um."

Wir schüttelten die Kokosnuss, um festzustellen, wie viel Wasser sie enthielt, setzten uns auf den Betonboden und lehnten uns gegen die Hauswand. Ich fand eine Feder auf der Erde neben meinen Füßen und zeichnete damit meine Mutter, den Fernseher und meinen Vater. Da bat mich Ana, das Buschmesser zu holen. „Und sieh nach Papa."

Mein Vater saß in T-Shirt und kurzer Hose im Wohnzimmer vor dem Fernseher und lachte. Ein Specht erschien auf dem Bildschirm und sprach genauso wie Sara in der Schule. Ich lachte über meinen Vater, aber als ich hinter mir die Schritte meiner Mutter hörte, lief ich schnell hinaus in den Garten. Es fing an zu regnen und wir gingen ins Schlafzimmer. Ich hörte Geräusche aus dem Fernseher. Der Regen wurde immer stärker und das Fernsehen wurde lauter.

„Ana, was machen wir?"

„Papierschiffchen bauen und durch das Fenster ins Regenwasser werfen."

Ich dachte an die Kindermatrosen aus der Sendung, traute mich aber nicht es zu sagen. Ana riss eine Seite aus einem alten Schulheft und faltete sie zu einem Schiff. Als sie das Fenster öffnete, wurde sie nass vom Regen, und sie schloss es rasch wieder. Da erschien meine Mutter an unserer Tür und sagte trocken: „Ihr dürft euch die Kindersendung anschauen."

Ich fand als Erste einen Platz auf dem Boden, direkt gegenüber von dem hohen Wohnzimmerschrank, auf dem das Fernsehgerät stand. Ich legte den Kopf in den Nacken, um das Bild zu sehen. Als Letzter betrat Amarinho das Zimmer und setzte sich neben mich. Da zeigte mein Vater auf die freien Stühle: „Cadeira!" Leise zog jede von uns einen Stuhl vom Esstisch weg und nahm Platz. Es lief der Zeichentrickfilm mit dem Specht. „Tchau!", riefen plötzlich der Kapitän und die Kindermatrosen auf dem Schiff.

Ich schaute meinen Vater fragend an und er erklärte, dass dies eine Unterbrechung für die Vorschau der Telenovela wäre. Auf dem Bildschirm erschienen in einem Kreis Frauen und Männer, die weiß angezogen und barfuß waren. Wie die Frauen trugen auch die Männer Turbane, Armbänder und lange Halsketten, alles in Weiß. Sie tanzten wie Stoffpuppen, die nicht aufrecht stehen konnten und wackelten mit gesenkten Köpfen hin und her.

Außerhalb des Kreises saßen einige Männer am Boden. Sie trugen nur weite weiße Hosen. Sie trommelten und sangen laut, aber ich verstand kein Wort. Die Frauen und Männer im Kreis schrien, als ob sie Schmerzen hätten. Ich bekam Gänsehaut, als ein Mann ein schwarzes totes Huhn aus einem Korb holte und ...

„Weg vom Fernseher, Kinder!", rief meine Mutter hinter uns.

Sie stand in der Tür mit dem Gemüsekorb in der Hand. Ich eilte hinter meinen Schwestern her ins Schlafzimmer.

„Ihr dürft euch die Kindersendung anschauen", sagte meine Mutter, „aber sobald etwas mit Candomblé- oder Macumba-Religion kommt, verlasst ihr sofort das Wohnzimmer."

Amarinho nickte. Seit dieser Warnung war es Amarinho, der „Macumba" rief, sobald die Vorschau der Telenovela im Bild erschien, und wir Kinder eilten hinaus und ließen meinen Vater allein.

Ein paar Tage später gab es in der Schulkantine ‚Canjica', einen Brei aus getrocknetem Mais, den ich gerne aß. Trotzdem blieb ich im Klassenraum sitzen. Sara mochte ‚Canjica' nicht. Sie ging zu den anderen in die hintere Ecke, imitierte den Specht, und sie lachten. Ich lachte auch von meinem Stuhl aus und begann leise ein Lied aus der Matrosensendung zu singen. Die Kinder drehten sich nicht um, um zu sehen, woher die

Stimme kam. Ich sang lauter und immer lauter. Schließlich drehten sie sich doch um und lachten mich aus. Ich verließ den Raum und ging in die Kantine. Die ‚Canjica' schmeckte fade.

Ich half meiner Mutter in der Küche mit dem Abendessen. Das Hackfleisch war fertig, aber für das Kartoffelpüree brauchte sie Milch aus dem Kühlschrank, der im Wohnzimmer stand. Dort, wo der Fernseher lief.

„Hol mir Milch!", sagte sie zu mir. „Schau nicht in Richtung Fernseher!" Sie betonte das Wort „nicht" mit dem Zeigefinger. Als ich ins Wohnzimmer kam, wandte ich den Kopf nach rechts ab und schaute zur Wand. Mit dem Rücken zum Fernseher holte ich mit der linken Hand die Milchkanne aus dem Kühlschrank. Auf dem Rückweg in die Küche verdeckte ich mit der rechten Hand meinen rechten Augenwinkel.

„Essen ist fertig!", kündigte meine Mutter in der Küche an. Mein Vater holte sein Essen zuerst. Ich war die nächste. So wie er mischte ich das Kartoffelpüree unter die Hackfleischsoße, worauf meine Mutter ein angeekeltes Gesicht machte. Er ging ins Wohnzimmer und wir in den Hintergarten. Nach dem Essen brachten wir unsere Teller zurück. Meine Mutter spülte, Ana trocknete ab und ich räumte das Geschirr in den

Schrank. Anschließend wischte Olímpia den Boden. Es war acht Uhr.

„Ihr dürft die Nachrichten sehen."

Meine Schwestern und ich tauschten Blicke aus und wir drängten uns aus der Küche ins Wohnzimmer.

„Geh, Amarinho!", hörte ich meine Mutter sagen, als wir uns leise an den Tisch setzten. Ich schaute meinen Vater aus den Augenwinkeln an. Mit einem Lächeln drehte er den Kopf zu mir.

Fortan durften wir nachmittags die Kindersendung sehen und, wenn wir nicht in die Kirche gingen, die Abendnachrichten, allerdings nur gemeinsam mit unserem Vater. Nur er sollte den Fernseher einschalten.

An einem Freitag, als kein Gottesdienst war, saßen wir mit unserem Vater im Wohnzimmer. Die Nachrichten liefen, als ich hinter mir an der Tür ein leises Geräusch hörte. Meine Mutter stand am Türrahmen und schaute in Richtung Bildschirm. Ich stand auf, zog einen Stuhl unter dem Tisch hervor und stellte ihn vor sie hin. Leise nahm sie ihren Platz ein.

KAPITEL 16

Ich saß ruhig auf einem Ast des Sternfruchtbaums und wollte mir gerade eine noch halb grünen Frucht nehmen, als Pelé aus seiner Hütte kam und laut bellte, um Bescheid zu geben, dass Fremde den Garten betraten. Es konnten nur Verwandte sein, die ohne in die Hände zu klatschen durch das Tor in den Vorgarten kamen. Neugierig kletterte ich herunter. Kurz bevor ich den Boden erreichte, hörte ich meine Mutter rufen: „Joana, Eliseu! Kommt hier durch das Wohnzimmer!"

Ich erschrak so sehr, dass ich das Gleichgewicht verlor. Ich rutschte ab und fiel auf den weichen Boden, zwischen Hundehütte und Baumstamm. Wieso kam er nicht wieder mit Beth? Wie konnte seine grausame Mutter es wagen, unser Haus zu betreten? Mein rechtes Knie blutete und tat weh. Pelé lief bellend auf mich zu. Aber sein Bellen klang jetzt mitleidig und sein Blick bestätigte es. Wenn er könnte, würde er mich pflegen, Blut und Erde von meinem Knie ablecken und mich in seine kleine Hütte tragen, in die ich nicht hineinpasste. Ich würde dort bleiben, bis Tante Joana verschwunden wäre.

Vorsichtig stand ich auf und überlegte, wo ich mich am besten verstecken konnte. Ich hinkte zur Küchentür. Leise ging ich durch die Küche ins Bad und schloss die Tür hinter mir. Dann hörte ich meine Mutter, Tante Joana und Eliseu, die aus dem Wohnzimmer kamen und im Flur vor der Badezimmertür stehen blieben.

„Wo ist Primavera, in der Schule?" Es war Eliseu.

„Sie hat heute schulfrei. Ihre Lehrerin ist krank."

Ich blieb still, obwohl ich vor Schmerzen schreien könnte. Mein Knie blutete und die Wunde war mit Erde verklebt. Es brannte wie Feuer. Ich musste das Knie abwaschen und behandeln. Warum blieben sie in diesem engen Flur stehen, statt weiter in die Küche zu gehen? Das ärgerte mich. Sie würden mich unweigerlich aus der Küche sehen, wenn ich das Bad verließ. Und Joana würde sich wundern, warum ich nicht mehr ihre Lieblingsnichte sein wollte. Aber ich konnte ihr nicht mehr in die Augen schauen. Ich zog die Kordel der Toilettenspülung und wusch die Hände am Waschbecken. Vorsichtig öffnete ich die Tür, um niemanden anzustoßen. Tante Joana und Eliseu lächelten mich an. Er trug keinen Verband mehr. Ich holte tief Luft, knickste, küsste Joanas rechte Hand und sie segnete mich im Namen Gottes.

„Aua!" Mein Knie brannte noch stärker.

„Wie hast du dich verletzt, Mädchen?", fragte meine Mutter und stemmte die Hände in die Hüfte.

„Und warum hast du dich versteckt, Primavera?"
Eliseu zog die Augenbrauen hoch.

„Eliseu, lass sie in Ruhe!", ermahnte Tante Joana.
„Ich wasche mir die Hände hier im Bad und kümmere
mich um deine Wunde, meine Nichte." Ihre Stimme
klang liebevoll. „Ich muss die Wunde desinfizieren."
Sie reinigte mein Knie mit Wasser und Seife unter der
Dusche. Ich schrie vor Schmerzen.

Meine Mutter holte ein frisches Badetuch, gab es
Tante Joana und ging in die Küche. Sie trocknete mein
Knie ganz vorsichtig. „Wie hast du dich so verletzt?"
Ihre Stimme klang freundlich.

„Ich bin vom Sternfruchtbaum abgerutscht."
Warum, das wollte ich ihr nicht verraten.

„So wie ein Baby, Primavera?" Eliseu stand hinter
mir im Flur.

„Eliseu, lass sie doch! Sie hat Schmerzen."

Meine Mutter kam ins Bad und holte aus der
Hausapotheke an der Wand eine Flasche ‚Merthiolate',
eine feuerrote Flüssigkeit gegen Entzündungen, die
auch eine schnelle Wundheilung bewirkte.

„Nein, das brennt wie Feuer!", schrie ich.

„Wenn du dich so dumm verletzt, dann musst du
damit fertig werden", flüsterte Eliseu mir ins Ohr und
lachte.

Während Tante Joana das Merthiolate auf meine
Wunde gab, blies sie ununterbrochen darauf, damit es
schneller trocknete.

Ich schrie bis die Wunde nicht mehr brannte.

„Steh jetzt vorsichtig auf und geh in die Küche", sagte Tante Joana.

„Auaaaa!"

Sie bot mir ihren Arm und half mir, in die Küche zu gehen. Ich setzte mich hin und schaute meiner Tante in die Augen. Sie lächelte mir zu.

„Danke, Tante Joana!"

Meine Mutter öffnete die obere Tür des Küchenschranks, holte eine Bonbonniere mit Lutschern heraus und gab sie mir in die Hand. „Wenn ich diese Lutscher nicht verstecke", ergänzte meine Mutter, „werden sie alle auf einmal gefressen."

„Eliseu, nimm doch einen", bot ich an, während ich ihm die Bonbonniere hinhielt. „Such dir die Farbe aus." Er griff in die Schale und holte einen gelben heraus. Da sah ich die hässlichen Narben auf der Rückseite seiner Hand. Grausam, dachte ich. „Möchtest du auch einen mit Erdbeergeschmack?", fragte ich und hielt ihm die Schale weiter hin, um seine Hand besser sehen zu können.

„Nein, aber du bestimmt, oder, Primavera?" Ich nickte und er holte mir einen rosa Lutscher aus der Schale.

„Schau mal, was ich hier habe!", rief Tante Joana und holte aus einer Tragetasche ein in Zeitungspapier gewickeltes Päckchen. Sie legte es auf den Küchentisch.

„Pack doch aus!", sagte sie zu mir. Schweigend schlug ich das Zeitungspapier zurück. Es war Okra-Gemüse, ‚Frauenfinger', ganz olivgrün und fest.

„Ich habe es heute Morgen noch bei uns auf dem Markt gekauft." Sie lächelte mir zu. Es war dasselbe Lächeln, mit dem sie für uns alle mein Lieblingsgericht kochte, dasselbe Lächeln, mit dem sie mich sanft fragte, ob ich traurig wäre, wenn mein Vater trank. Mit einem solchen Lächeln sagte ich zu ihr: „Danke, Tante Joana."

„Habt ihr Hackfleisch da?", fragte sie meine Mutter.

„Nein, aber vielleicht kann Eliseu es beim Metzger holen. Ana, Amarinho und Olímpia sind in der Schule. Hast du heute frei, Eliseu?", fragte sie etwas skeptisch.

„Heute ist in unserer Gemeinde Feiertag, Tante."

Meine Mutter gab Eliseu Geld für das Hackfleisch.

„Ich komme mit dir, Eliseu", sagte ich.

„Du solltest dich bei dieser Hitze nicht anstrengen", sagte meine Mutter und wischte sich mit der Spitze ihrer Schürze über die Stirn.

Obwohl ich keine Schmerzen mehr hatte, konnte ich nicht gut laufen wegen meines Knies.

Ich verließ mit Eliseu die Küche, blieb aber unter dem Avocadobaum stehen. Von dort aus sah ich ihn durch das Gartentor gehen. Ich setzte mich auf eine dicke Wurzel in den Schatten und streckte die Beine aus. Ich schwitzte so sehr, dass mein T-Shirt mir am Leib klebte. Es war Anfang November und noch kein

Sommer. Trotzdem war es furchtbar schwül. Aber ich schwitze nicht aus diesem Grund, denn letztendlich war ich solches Wetter ja gewöhnt. Es war die innere Aufregung wegen Tante Joana und zum Teil auch wegen Eliseu und meiner Mutter. Sie taten alle so, als ob nichts passiert wäre. Was sollte ich machen? Ich hatte Eliseu versprochen, meinen Mund zu halten, also keinem Menschen von der Wahrheit zu erzählen. Ich konnte nicht mehr so recht glauben, dass Tante Joana so grausam war, wie ich vermutete. Ich begann mich zu fragen, ob Eliseu gelogen hatte. Aber wenn es wirklich ein Unfall war, warum hätte er mich dann belügen sollen? Hatte er seiner Mutter die Schuld gegeben, weil ich ihn dazu gebracht hatte? Und wenn ich mich heute mit Tante Joana gestritten hätte, während sie die Wunde an meinem Knie liebevoll behandelte, wäre es ungerecht gewesen?

Plötzlich spürte ich das starke Verlangen, mit jemandem darüber zu reden. Aber mit wem? Mit Pelé? Nein, lieber mit dem Herrgott: „Lieber Gott, hilf mir, meiner Tante Joana zu vergeben, wie du mir auch vergibst, wenn ich lüge." Ich blieb in dieser Haltung, bis ich das Tor hörte und Eliseu sah. Ich stand auf und ging auf ihn zu.

„Hast du das Fleisch nicht bekommen?", fragte ich mit Blick auf seine leeren Hände.

„Nein, beim Metzger hier ist der Fleischwolf kaputt. Ich muss das Hackfleisch an der Santa Bárbara

Kirche kaufen." Er schaute mich an. „Sagst du in der Küche Bescheid?" Ich nickte. „Was hast du denn heute?", fragte er mit ahnungslosem Gesicht.

Ich wollte wütend werden und ihn zum Teufel schicken, aber ich ließ es sein. „Nichts, ich habe etwas Schmerzen", sagte ich.

In der Küche sah ich, wie die beiden Schwestern lachend am Spülbecken miteinander redeten, während meine Mutter die gewaschenen Okra-Schoten abtupfte und ihre jüngere Schwester die Spitzen abschnitt. Ich setzte mich leise an den Tisch und hörte zu.

„Ich hatte zuerst eine Stelle in der Kantine einer Klinik im Zentrum von São João." Tante Joana betonte das Wort „Klinik".

„Was für eine Klinik, Joana?"

„Für Schönheitsoperationen."

„Wie?" Meine Mutter drehte sich zu Tante Joana, bis sie wieder Worte fand. „Schwimmen die Leute da im Geld?"

„Ja, und wie, die wenigen Weißen, die mehr Geld haben als alle Schwarzen zusammen."

„Und warum gehen sie nicht in eine Klinik in Copacabana?", mischte ich mich ein.

„Das ist zu weit. Außerdem werden sie dort nicht wie Könige behandelt", antwortete Tante Joana, während sie eine Okraschote in Ringe schnitt.

„Hast du für die Patienten gekocht?", fragte meine Mutter.

„Nein, nur für die Ärzte. Sie essen nicht dasselbe fade Essen wie die Patienten." Diesmal betonte Tante Joana das Wort „Ärzte".

„Wirklich?" Das Erstaunen meiner Mutter verstand ich nicht. Sie wusste, dass Tante Joana gut kochte.

„Ich bekam immer wieder Lob von den Ärzten."

„Aber wie? Sind sie zu dir in die Küche gekommen?"

„Nein, aber durch meine Chefin."

„Und wie ging es weiter?"

„Eines Tages hat mich Dr. Mauro in sein Büro gebeten. Das ist der Inhaber."

„Warst du nervös? Hattest du Angst vor einer Entlassung?"

„Nein, wieso? Auf jeden Fall hat er mir eine Stelle als Köchin bei sich zu Hause angeboten."

„Haben sie keine Hausangestellte, die auch kocht?"

„Doch, aber schlecht. Er konnte ihr Essen nicht mehr runterschlucken. Seitdem arbeite ich nur bei ihm privat. Ich koche für seine Frau und die Kinder das Mittagessen und abends auch für ihn."

„Und wieso bist du heute hier?", mischte ich mich noch einmal ein.

Meine Mutter schaute mich böse an.

„Ich habe einen Tag in der Woche frei. Die Familie ist heute am Feiertag verreist. Ich wollte dich mit Eliseu besuchen."

„Apropos Eliseu", sagte ich, „er muss das Hackfleisch an der Santa-Barbara-Kirche kaufen. Bei unserem Metzger ist der Fleischwolf kaputt."

„Ein guter Junge, nicht wahr, Joana?" Was wollte meine Mutter damit sagen? Ich wollte nicht weiter über Eliseu reden.

„Ist der Metzger nicht auf dem halben Weg zu eurer Kirche?", fragte Tante Joana.

„Ja", rutschte es mir heraus.

„Es ist Anfang November", überlegte Tante Joana, während sie die Spitzen vom Okra in einen kleinen Eimer auf dem Spülbecken warf. Meine Mutter verwendete die Gemüseabfälle als Dünger für ihre Blumen. „Wann fangen die Weihnachtsproben bei euch in der Kirche an?"

Meine Mutter schaute zu mir und ich sagte: „Ende des Monats."

„Und du übst schon für deine Rolle als krankes Mädchen, nicht wahr, meine Nichte?"

An jedem Weihnachtsfest spielte ich immer wieder dieselbe Rolle. „Dieses Jahr will ich ein Engel sein", sagte ich entschlossen.

Meine Mutter und Tante Joana drehten gleichzeitig die Köpfe zu mir, und ich verstand ihre erstaunten Blicke: Wir konnten uns die Rollen nicht aussuchen.

„Als krankes Mädchen oder als Engel, ich komme dieses Mal, um dich zu sehen."

„Mit Eliseu?"

„Wenn er will ..."

Als Eliseu mit dem Hackfleisch zurückkam, war er ganz nass geschwitzt und musste sich umziehen. Er wollte sich auf dem Boden im Wohnzimmer von der Hitze ausruhen und fernsehen. Aber wir durften nur mit meinem Vater fernsehen. Er blieb im Kinderzimmer. Tante Joana würzte das Fleisch, dünstete es in Kokosfett und kochte es dann in Tomatensoße. Anschließend legte sie die Okra-Ringe dazu. Währenddessen kochte Mama Reis und wärmte die schwarzen Bohnen auf kleiner Flamme. In der Küche duftete es nach Gewürzen und frischem Essen.

Das Mittagessen war gerade fertig, als meine Geschwister aus der Schule kamen, und wir aßen gemeinsam am großen Tisch im Hintergarten. Ich nahm eine große Portion und leerte meinen Teller.

„Tante Joana, vielen Dank für das Essen", sagte ich. Ich saß ihr gegenüber und schaute direkt in ihre Augen.

„Ah! Beim nächsten Mal hilfst du mir beim Okra-Kochen. Dann verrate ich dir mein Geheimnis."

Ich nickte.

KAPITEL 17

Olímpia saß neben mir in der Probe. Im Gegensatz zu mir schien sie ruhig. Sie konnte auch gut spielen und vortragen, aber nicht schreien, weinen und springen wie ich. Jede Rolle, die sie bekam, so glaubte ich, war ihr willkommen und sie würde nicht um eine bestimmte kämpfen. Ich biss so fest die Zähne zusammen, dass es mir weh tat, während ich ungeduldig wartete.

Endlich rief Néia mich auf und lächelte. Sie hielt ein Stück Papier in der Hand und tauschte Blicke mit ihrer Schwester Inês, die kurz nickte und leise lachte. Ich stand auf und ging nach vorne. Néia faltete den Zettel und reichte ihn mir. Inês legte die rechte Hand auf eine Warze an ihrer Oberlippe und blickte mich mütterlich an. Ich lächelte zurück, um zu verbergen, wie mein Herz unrhythmisch pochte, und begab mich gehorsam zurück an meinen Platz in der Kirchenbank. Néia rief alle Mädchen einzeln auf. Erst als jedes Mädchen wieder saß, falteten wir die Zettel auseinander und lasen, welche Rolle wir im Weihnachtsstück dieses Jahr spielen würden.

„Was hast du bekommen?", fragte ich meine Schwester.

Sie strahlte und zeigte mir ein langes Gedicht: „Jesus geht über das Meer."

„Schön!"

Die Mädchen um uns herum hatten schon ihre Zettel gelesen.

„Und was hast du bekommen?", wollten sie neugierig von mir wissen. Langsam faltete ich meinen Zettel auseinander und sah mich in einem schneeweißen Gewand mit großen Flügeln durch den Mittelgang der Kirche schreiten. Doch als ich hinein schaute und die geschwungene Handschrift von Néia las mit der Rolle, die ich auch im letzten und im vorletzten Jahr gespielt hatte, hätte ich den Zettel am liebsten gleich hier zerknüllt, auf den Boden geworfen und zertrampelt. Aber ich hielt mich zurück. Wenn ich schon nicht in der Schule mit dem Gesicht zur Wand stehen oder auf Maiskörnern niederknien musste, so erst recht nicht in der Kirche. Ich biss die Zähne zusammen.

„Und?" Olímpia zerrte an meinem Arm und ich reichte ihr wortlos den Rollenzettel.

„Wieder die Hauptrolle!" Olímpia strahlte vor Bewunderung. „Du kannst dein Weihnachtskleid tragen." Ich nickte nur. Tatsächlich brauchte ich für diese Rolle kein Kostüm.

Ich drehte mich zu dem hübschen schneeweißen Mädchen mit glatten Haaren bis zur Hüfte um: „Was hast du bekommen, Anjinho?"

Sie zuckte die Schultern und sagte: „Rate mal!"

„Du bist wieder der Engel", flüsterte ich neidisch. Ich bemerkte ihr lustloses Gesicht. So wie ich jedes Jahr immer wieder das kranke Mädchen spielte, bekam sie die Engelsrolle. So oft hatte sie diese Rolle schon gespielt, dass sie den Spitznamen ‚Anjinho', Engelchen, bekommen hatte.

Nachdem alle ihre Rollen erhalten hatten, rief Néia mit ihrer schwachen Stimme: „Das kranke Kind!"

„Die anderen sollen still sitzenbleiben!", mahnte Inês. Dann stellte sie zwei Stühle vor der Kanzel auf, setzte sich auf einen davon und nickte mir zu. Ich nahm neben ihr Platz und legte den Kopf auf ihren Schoß. Sie spielte, wie jedes Jahr, die Rolle meiner Mutter.

„Vorhang auf!", rief Néia und breitete die Arme aus, wie am Tag der Aufführung, wenn der improvisierte Vorhang aus weißem Satin geöffnet würde.

„Liebe Mutti, ich gebe nicht auf", sagte ich schwach. „Ich will den Heiligabend hier in unserer Hütte feiern."

„Liebling, du bist schwer krank. Wie kannst du plötzlich Weihnachten feiern?" Sie strich mir über die Schulter, um mich zu trösten.

„Mutti, ich weiß genau, dass Jesus mich schnell heilen kann."

„Ah! Wenn ich könnte, würde ich sofort ..."

„Auaaaa!" Zwei Jungen prügelten sich während der Probe und schrien so laut, dass Inês' leise Stimme übertönt wurde. Sie stieß mich von sich und stand abrupt auf. Ich erschrak. Energisch rief sie: „Du gehst sofort in die Ecke und bleibst dort mit dem Gesicht zur Wand stehen, bis ich mich wieder an dich erinnere." Sie hatte willkürlich einen der beiden Jungen ausgewählt. Die anderen Kinder lachten über ihn.

„Warum hat sie nur einen bestraft?", fragte ich mich. Ich fand das ungerecht.

„Wiederhol deinen letzten Satz!", sagte Inês, und ihre Stimme klang wieder ruhig, so wie bei meiner Mutter, wenn wir für eine Dummheit bestraft worden waren.

„Mutti, ich weiß genau, dass Jesus mich schnell heilen kann." Ich fühlte mich wieder geborgen.

„Ah! Wenn ich könnte, würde ich sofort in die Kirche gehen, um für dich zu beten." Ihre Stimme klang traurig.

„Mutti, Jesus wird zu uns kommen", sagte ich mit fester Stimme.

In diesem Moment sollte ein Engel im weißen Gewand aus Satin mit Flügeln aus Styropor am Rücken und einer goldenen Krone aus Kartonpapier auf dem Kopf durch das Kirchenportal eintreten. Dieser Engel war Anjinho. Als sie vor mir stand, streckte sie die Arme über meinen Kopf und befahl: "Mädchen, erhebe dich!"

Sofort stand ich geheilt auf.

„Ruf die Nachbarskinder!", befahl mir Inês. „Und dann feiern wir zusammen die Geburt Christi!"

Ich lief zur Seitentür und winkte einigen Kindern, die dort bereitstanden, zu. Singend in Reih und Glied gingen wir zur Bühne. Mutti und der Engel stimmten ein: „Viva o Natal de Jesus o Salvador!" – „Stille Nacht!"

Néia kam mit einem Teller voller kleiner Brotstücken, und jedes Kind nahm sich eines. Danach gingen wir wieder in Reih und Glied aus der Kirche auf den Hinterhof.

Allgemein zogen sich Néia und Inês elegant aber diskret an, vor allem, was die Farben betraf. Das ganze Jahr hindurch nahmen die beiden an keinen anderen Aktivitäten wie Kirchenchor, Krankenbesuch oder dem gemeinsamen Kochen teil. Während des Gottesdienstes saßen sie immer in einer Ecke in der letzten Reihe zusammen. Nach dem Gottesdienst, wenn gesellig geplaudert wurde, blieben sie meist zusammen mit zwei oder drei anderen dunkelhäutigen Frauen, die, wie sie, unverheiratet waren.

„Néia und Inês schlafen in Formalin", hörte ich einmal meine Mutter kommentieren. Und als ich sie nach der Bedeutung fragte, weil ich dieses Wort nur im Zusammenhang mit Toten gehört hatte, lachte sie und sagte es war bloß ein Witz. Dann erzählte sie von meiner ersten Weihnachtsaufführung, schon unter der Leitung der beiden Schwestern. Ich war zwei Jahre alt gewesen und hatte graziös ein kleines Gedicht über das Christkind aufgesagt: „Jesus nasceu lá em Belém, meu coração também." „Jesus ist in Betlehem geboren, mein Herz auch."

Nach der Probe des Kinderchors, in dem auch Amarinho mitsang, suchte ich Anjinho auf dem Kirchhof auf.

„Willst du das kranke Kind spielen?", flüsterte ich ihr ins Ohr. Obwohl die Kinder um uns herumliefen und die Jugendlichen sich unterhielten und laut lachten, konnte ich nicht riskieren, gehört zu werden.

„Ich? Wie soll das gehen, wenn die Mutter schwarz ist?" Sie strich ihr Pony zurück.

Daran hatte ich noch nicht gedacht: Mutter und Tochter mussten dieselbe Hautfarbe haben. Ich ließ den Kopf sinken, als ich einsah, dass es nicht ging, auch wenn Anjinho gerne die Rolle mit mir getauscht hätte. Trotzdem stellte ich mir vor, dass, wenn der weiße Vorhang aus Satin sich öffnete, Anjinho auf einem Stuhl neben ihrer Mutter Inês säße, mit dem Kopf auf ihrem Schoß. Anjinhos Haare fielen von Inês' Schoß bis zum Boden.

„Vergiss es, Anjinho! Es war nur eine verrückte Idee", sagte ich.

„Hör mal, ich bin es auch leid, jedes Mal ein Engel zu sein."

Ich wollte vor Freude aufspringen, hielt mich aber zurück.

„Behalten wir unsere Rollen", sagte sie langsam, als ob sie überlegte. „Am Tag selbst tauschen wir sie dann."

Ich traute meinen Ohren nicht.

„Ich werde dann Inês' Kind sein", sagte sie.

Ich nickte.

„Ich kümmere mich darum", fügte sie hinzu.

„Aber dein Gewand ist zu groß, ich meine, ich bin zu klein."

„Du kannst das Gewand hochziehen, bis du vor dem kranken Kind und der Mutter stehst."

Ich sah mich schon im breiten weißen Gewand bis zum Boden, mit ausgestreckten Armen über Anjinho stehen und Inês' böse Blicke abwenden.

„Aber wir dürfen mit keinem darüber reden." Ihre Stimme klang jetzt streng. Ich nickte. Danach drehte sie sich rasch zum Gehen. Ihre Haare fühlten sich an meinem Arm wie Seide an.

KAPITEL 18

Wir wussten, dass wir auch in diesem Jahr keine Weihnachtsgeschenke bekommen würden, stattdessen jedoch ein festliches Weihnachtsessen nach brasilianischer Tradition: Stockfisch mit Kartoffeln im Ofen überbacken, ein Truthahn, der so groß war, dass wir noch drei Tage lang davon essen würden, dazu Reis und geröstetes Maniokmehl. Zum Nachtisch würde es ,Rabanada', ,Armer Ritter' geben, diesmal nicht in Öl frittiert, sondern mit Kokosmilch im Ofen gebacken. Wir würden keine schwarzen Bohnen essen.

Seit September hatte meine Mutter für unser Weihnachtsessen immer wieder ein paar Münzen in eine Spardose gelegt. Am Samstag, dem zweiundzwanzigsten, fuhr sie alleine mit dem Bus ins Zentrum. Dort kaufte sie bei einem Großhandel die Zutaten für unser Weihnachtsessen. Auch mein Vater und wir vier Kinder standen früh auf. Wir räumten die Möbel aus dem Wohnzimmer in den Garten und stellten sie in den Schatten des Mangobaums. Nur der Kühlschrank blieb in der Ecke, wo er immer stand.

Gemeinsam strichen wir das Wohnzimmer in blau. Als die Farbe zu Ende ging, entdeckte ich einen letzten rosa Fleck über meinem Kopf.

„Wir könnten noch Farbe kaufen, Papa", sagte ich.

Wir gingen ins Elternschlafzimmer. Er holte seine Brieftasche, öffnete sie, als wollte er die Geldscheine aussuchen. Dann blickte er auf die Wanduhr und rief: „Schade! Der Baumarkt hat schon zu!"

Am Nachmittag entdeckten wir unsere Mutter vor dem Gartentor. Wir liefen ihr entgegen, nahmen ihr die Tragetaschen ab und brachten sie in die Küche. Meine Mutter eilte ins Wohnzimmer. Sie drehte eine Runde, um die blauen Wände zu betrachten, und lächelte sie an. Mitten im Zimmer blieb sie stehen, schaute zur Decke, streckte die Arme aus und sagte: Gott sei Dank! Ich war mir nicht sicher, ob sie die alte rosa Farbe übersehen hatte.

Amarinho und ich durften das Wohnzimmer nicht betreten, bis Ana und Olímpia den Boden geputzt hatten. Auf Knien kratzten sie das alte Bohnerwachs mit einer Wurzelbürste ab. Anschließen kehrten sie die Wachsspäne weg und entfernten den Rest mit einem feuchten Tuch. Mit den Händen trugen sie das Bohnerwachs auf und polierten den Boden mit den Füßen. Es glänzte, und während das Wachs einzog, durften wir beide nicht ins Wohnzimmer, nicht einmal, um für meine Mutter etwas aus dem Kühlschrank zu holen.

Am dreiundzwanzigsten wechselte meine Mutter dreimal das Wasser, in dem der Stockfisch zum Entsalzen lag. Der Truthahn passte nicht in den Kühlschrank. Sie legte ihn in eine Marinade und wendete ihn alle zwei Stunden.

„So wird er noch besser schmecken", sagte sie zu mir, während ich den großen Topf zudeckte.

Vor dem Einschlafen betete ich in meinem Bett. „Lieber Jesus, ich möchte zu Weihnachten ein neues Paar Schuhe bekommen und es zum Gottesdienst am Abend des fünfundzwanzigsten tragen." Ich besaß nur eines mit Löchern in den Sohlen. In dieser Nacht träumte ich davon, dass ich die drei Stufen zur Kirche mit weiß lackierten neuen Schuhen hinaufstieg.

Am vierundzwanzigsten standen wir alle früh auf. Nach einer kalten Dusche trocknete ich mich ab, aber ich schwitzte so sehr, dass ich sofort wieder nass wurde. Meine Mutter stand in der Küche und zündete den Gasofen für den Truthahn an. Sie nahm ein Handtuch aus ihrem Kittel und trocknete sich Gesicht und Hals ab. Mein Vater und Amarinho kehrten den Garten in der brütenden Sommerhitze. Danach wollten sie mit dem Schlauch die Blumen gießen und unseren Pelé waschen. Anschließend konnten sie sich selbst im Garten abduschen.

„Mama, warum stellen wir nicht wie jedes Jahr den alten Gartentisch unter die Palme? Dort wird es bestimmt nicht so heiß wie hier im Haus."

„Ich möchte dieses Jahr ein ganz besonderes Weihnachtsfest feiern. Deswegen bleiben wir im Wohnzimmer."

Olímpia polierte die Wohnzimmermöbel und legte eine Decke auf den Tisch, die mit roten Kerzen und Weihnachtsmanngesichtern bemalt war. Dann kam sie zu uns in die warme Küche, um zu helfen. Wir wollten noch Nudeln zum Mittagessen zubereiten, denn der Tag war noch lang.

Ana ging in den Vorgarten. Sie brach einen Ast vom Clementinenbaum ab und brachte ihn ins Wohnzimmer. Dort, in einer Ecke, steckte sie ihn in einen alten, mit Sand gefüllten Eimer, den sie mit Weihnachtspapier umwickelt hatte. Aus einem Schuhkarton holte sie kleine rote Kugeln und schmückte unseren Clementinenbaum.

Gegen zehn Uhr abends waren wir mit den Vorbereitungen fertig, geduscht und umgezogen. Es war noch früh. Meine Mutter legte im Schlafzimmer die Füße hoch. Sie hatte den ganzen Tag in der heißen Küche gestanden und ihre Füße waren von den Krampfadern so dick, als hätte sie Schuhgröße zweiundvierzig.

„Amaro, stellst du mir hier den Ventilator hin?"

Mein Vater holte den Ventilator, der auf dem Küchentisch stand, um die Fliegen und Mücken zu vertreiben, und stellte ihn vor die Füße meiner Mutter. Sie war mit offenem Mund eingeschlafen.

Wir warteten draußen im Garten. Mein Vater rauchte und sendete die Schwaden zum Sternenhimmel. Amarinho spielte mit Pelé und Olímpia stand auf einer Leiter unter einer Glühbirne, die an der Außenwand angebracht war. Sie hielt eine Schüssel mit Wasser in den Händen und der Mückenschwarm, der unter der Birne hing, löste sich auf und plumpste hinein. Ich saß auf der Schaukel und schwebte langsam durch die Luft. Es roch nach Weihnachtsessen.

„Wo ist Ana?", fragte ich.

„In eurem Schlafzimmer", antwortete meine Mutter aus der Küche. Sie sah wieder lebendig aus. „Sie glättet das alte Weihnachtspapier mit dem Bügeleisen."

„Dann bekommen wir doch etwas zu Weihnachten?"

Um Mitternacht saßen wir zusammengedrängt am Esstisch in unserem blauen Wohnzimmer. Obwohl das Fenster offen stand, schwitzten wir. Unsere Mutter betete. "Der Herr ist mein Hirte; mir wird nichts mangeln." Sie deklamierte, und bei den Worten „mein" und „nichts" schlug sie so heftig mit der Faust auf den Tisch, dass er wackelte. Mein Vater und wir vier Kinder sagten gemeinsam „Amen". Amarinho, der dicht neben mir saß, zuckte bei meinem lauten „Amen" zusammen. Wir begannen zu essen. Alles schmeckte so, wie nur unsere Mutter es zubereiten konnte. Aus den Gärten der Nachbarn hörten wir von allen Seiten Sambamusik. Wir sprachen und lachten laut. Aber ab und zu warf ich einen diskreten Blick zum Clementinenbaum hinüber, denn es lagen sechs Päckchen darunter. Auch ein Schuhkarton verpackt mit altem Weihnachtspapier war dabei. Dann würde ich doch ein neues Paar Schuhe für den Gottesdienst am fünfundzwanzigsten bekommen. Jesus hatte meine Bitten erhört.

Wir räumten den Tisch ab, spülten aber nicht. Dann gingen wir ins Wohnzimmer zurück und Ana rief jeden von uns mit Namen auf und überreichte ihm ein Geschenk, das sie selbst heimlich in Weihnachtspapier vom vorletzten Jahr eingepackt hatte. Mein Vater bekam eine Brille ohne Gläser, die mit Pflastern zusammengehalten wurde. Meine Mutter bekam ein Metermaß, auf dem die Zahlen schon verblasst waren. Ana ließ sich Zeit, ihr eigenes Geschenk auszupacken. Sie schenkte sich einen dicken roten Bleistift, der von Pelé angebissen war. Amarinho bekam einen Ledergürtel, dessen Löcher zu Kratern geworden waren. Meine ältere Schwester Olímpia wurde gerufen. Sie bekam zwei ganz neue Haarspangen. Jeder probierte sein Geschenk, lachte, tauschte mit dem anderen und bedankte sich bei Ana. Der Schuhkarton lag immer noch da. Ich war die letzte, denn ich war die Jüngste. Ana rief mich, als hätte ich den großen Preis gewonnen. Ich lächelte und verbeugte mich vor ihr und meinen Eltern.

Eifrig zerriss ich das Papier und öffnete den Karton. Darin lag ein altes abgetragenes Paar Schuhe meiner Mutter mit Löchern in den Sohlen. Ich weinte bitterlich.

KAPITEL 19

Zur Weihnachtsfeier wurde die Hälfte der Stühle auf den Kirchhof getragen, um Platz für die Aufführung zu schaffen. Auf diesen Plätzen konnte man zwar über Lautsprecher alles verfolgen, jedoch nicht ins Innere der Kirche schauen. Einige Zuschauer sammelten sich an den offenen Fenstern, so wie Tante Joana, die wie versprochen zur Aufführung gekommen war, leider ohne Eliseu.

Pastor Paulo und seine Gehilfen, die Ministranten, wie sie bei uns hießen, nahmen gegenüber vom Chor Platz. Die Holzwände der Kanzel waren abgebaut und zusammen mit den großen Stühlen des Pastors und seiner Ministranten im Sekretariat deponiert, um mehr Platz für die Bühne zu gewinnen. Pastor Paulo bat den Chor, ein Weihnachtslied zu singen, während Néia hinter dem Vorhang die Bühne für unser Stück vorbereitete: „Das kranke Kind". Damit würde der erste Teil des Programms enden. Danach würden sich die Jugendlichen mit weiteren Texten und langen Gedichten präsentieren. Ana und Olímpia spielten dabei mit.

Durch die Hintertür der Kirche gelangte man über einen Hof an den Toiletten vorbei zum Babyraum, der ausgeräumt worden war, um ihn als Umkleide zu verwenden. Dort wartete ich auf Inês, um gemeinsam mit ihr die Bühne zu betreten, genauso wie in den letzten Jahren. Während Anjinho direkt vor mir stand und Inês ihr half, das Gewand über den Kopf zu ziehen, versuchte ich vergeblich, ihren Blick zu erhaschen.

„Mir ist furchtbar warm, Inês. Ich schwitze", meckerte Anjinho, als ihre Haare beim Anziehen am Gewand hängenblieben.

„Sie sind so schön!", sprach Inês in mütterlichem Ton, während sie ihr mit einer Hand die Strähnen über dem Gewand glattstrich. Die andere Hand legte sie über ihr eigenes Haarnetz, und ich sah kahle Stellen auf ihrer Kopfhaut.

„Wenn ich nur auch so schöne hätte", sagte sie.

„Aber sie werden schon nass und klebrig. Ich binde sie lieber zusammen." Anjinho blickte sich um, als ob sie ein Haarband suchte. Als sie mich ansah, zwinkerte sie mir zu und hielt ihren Schopf hoch zu einem Pferdeschwanz.

„Nein, das darfst du nicht. Du bist ein Engel", flehte Inês.

„Dann zieh ich das Gewand aus und kurz davor schnell wieder an."

„Wenn es anders nicht geht ... Ich suche Néia, damit sie dir helfen kann, denn du hast noch die Flügel und die Krone, nicht vergessen!"

Nachdem Inês an mir vorbeigelaufen war, beugte Anjinho sich zu mir rüber und flüsterte: „Warte auf mich."

Ich nickte nur, denn ich fand keine Worte. Als ich mich umdrehte, stieß ich leicht gegen Néia.

„Der Pastor hat gerade „das kranke Kind" gerufen, beeil dich!", sagte Néia zu mir.

„Néia, ich muss noch schnell aufs Klo", rief Anjinho und folgte mir auf den Hinterhof, auf dem die abmontierten Kinderwiegen standen. Dann schlüpfte sie aus ihrem Kostüm, drückte es mir in den Arm und schob mich zur Eingangstür der Toiletten. „Hier", zischte sie.

Mein Herz klopfte, als ich Anjinho in ihrem Sonntagskleid zur Hintertür der Kirche laufen sah, und während ich die Klinke zu den Toiletten runterdrückte, dachte ich nur eins: Gleich werde ich ein Engel sein.

Es ging alles sehr schnell, denn das Stück war kurz. Auf der Toilette hörte ich durch Lautsprecher meinen so vertrauten Text aus Anjinhos Mund. Ich zog so schnell wie ich konnte das Gewand an, strich es mir über mein Weihnachtskleid und band die Flügel fest. Zum Schluss setzte ich mir die Krone auf den Kopf. Meine dicken Haare sorgten dafür, dass die goldene Krone aus Pappe auf meinem Kopf hielt. Um zu gehen, zog ich das Gewand mit beiden Händen hoch. Dann sah ich an mir herunter auf meine alten Schuhe. Die konnte ich als Engel unmöglich tragen. Ich zog sie aus.

Barfuß ging ich über den vom Tag noch heißen rauen Zementboden zur Außenseite der Kirche und kam an Tante Joana vorbei. Sie stand noch am Fenster und schaute mit offenem Mund in die Kirche. Ich ging weiter. Am Haupteingang blieb ich vor den drei Stufen stehen und zog das Gewand noch höher. Als Anjinho sagte: „Mutti, Jesus wird zu uns kommen", trat ich in die Kirche ein. Auf meinen Weg zur Bühne bemerkte ich, wie sich die Leute von rechts und links zu mir drehten. Ich fühlte mich wie ein Star. Ich war ein Engel.

Da hörte ich Gemurmel und Gelächter. Worüber lachten die Leute bloß? Mit weit ausgebreiteten Flügeln schritt ich durch den Gang. Aus den Augenwinkeln suchte ich Tante Joanas Blick. Sie lächelte mir zu. Ich schaute nach vorne und hob den Kopf. Meine Hände waren feucht und meine Beine zitterten. Das Gewand rutschte mir aus den Fingern. Ich stolperte und fing mich wieder. Gemurmel und Gelächter wurden lauter. Ich sah mich im Kinderchor um. Ein Mädchen in der ersten Reihe deutete mit dem Zeigfinger auf mich. Hinter ihr entdeckte ich Amarinho, der mit offenem Mund und großen Augen zu mir schaute. Mit einem Mal wurde mir klar, dass sie über mich lachten! Am liebsten wäre ich weggelaufen und hätte mich auf der Toilette versteckt. Aber ein Engel würde nicht weglaufen. Schell suchte ich wieder Blickkontakt mit Tante Joana. Sie nickte mir zu. Meine Füße schienen angekettet.

Ich blieb kurz stehen, atmete tief durch, schaute zum Altar und hielt die Tränen zurück. Ich bin ein Engel. Ich habe eine Mission. Ich schenkte mir ein Lächeln, während ich das Gewand wieder hochzog. Mit freiem Gang schritt ich zu Anjinho, um sie zu heilen. Ihr Kopf lag nicht auf Inês' Schoß, sondern auf ihrer Schulter. Anjinhos langes Haar hing hinter Inês herunter. Ich blieb stehen, schaute Anjinho an, hielt die Arme über ihren Kopf und rief aus vollem Hals: „Mädchen, erhebe dich!"

Die Leute hörten endlich auf zu lachen.

Anjinho lächelte mich an. Wir hatten es geschafft. Ich mied Inês' Blick.

Néia kam mit einem Tellerchen gefüllt mit kleinen Brotstücken, und jedes Kind nahm sich eins, um die Geburt Christi und die Heilung des Mädchens zu feiern. Als ich mir das letzte Stück Brot nehmen wollte, funkelte sie mich böse an, zog das Tellerchen zurück und bot es Anjinho an. Obwohl es nicht vorgesehen war, faltete ich wie im Gebet die Hände, schloss kurz die Augen und sang laut „Viva o Natal de Jesus o Salvador!" – „Stille Nacht!" Ich hörte, wie Kinder, Frauen und Männer mitsangen.

In Reih und Glied traten wir aus der Kirche auf den Hof. Hinter mir kamen Anjinho und dann Néia und Inês. Anjinho sang lauter denn je. Wir feierten unseren Sieg. Ich schaute in den Sternenhimmel und nahm einen tiefen Atemzug. Dann wendete ich mich zu Anjinho, lächelte ihr triumphierend zu und wir hielten diskret vor der Brust die Daumen hoch.

„Néia! Inês! Wo sind unsere Kostüme?", fragten ungeduldig einige Jugendliche.

„Wir kommen schon!" Sie eilten zur Umkleide.

Vor der Toilette flüsterte ich Anjinho zu: „Warte hier auf mich!" Ich wollte unbedingt mit ihr reden. Ich lief zur Umkleide. Dort war es voll und laut. Die Jugendlichen bereiteten sich auf ihre Stücke vor, während die Gemeinde in der Kirche sang und die Diakone die Kollekte abhielten. An der Tür zog ich das Engelskostüm aus und warf es in eine Kiste. Hinter der Tür fand ich meine alten Schuhe und zog sie an. Ana rezitierte laut ihren Text und nahm von mir keine Notiz.

Ich eilte auf den Hof, aber Anjinho war nicht mehr da. Ich ging weiter zur Außenseite der Kirche und sah Olímpia neben Tante Joana am Fenster stehen.

„Olímpia, hast du Anjinho gesehen?" Sie schüttelte den Kopf.

„Du hast es geschafft", flüsterte Tante Joana mir ins Ohr. „Glückwunsch!"

Ich ging weiter durch die Menschenmenge bis zum Vorhof, als ich von hinten ein Mädchen mit hüftlangen Haaren entdeckte. Sanft strich ich ihr über die Haare: „Anjinho!"

Das Mädchen drehte sich rasch um und funkte mich mit teuflischem Blick an: „Was willst du von mir?" Sie warf ihr Haar vor die Brust, als wollte sie sich vor mir schützen. „Kennen wir uns?"

„Entschuldigung, ich dachte, du wärest meine Freundin Anjinho", stotterte ich. Ich ging durch das Kirchentor hinaus auf den Bürgersteig und atmete tief durch. Ein paar Menschen waren dort versammelt, aber Anjinho war nicht zu sehen. Ich betrat die Kirche und fand einen Stehplatz in der Ecke, wo Néia und Inês gewöhnlich saßen. Von dort aus konnte ich die Bühne sehen. Ich blieb dort stehen, bis die Aufführung der Jugendlichen beendet war. Als Pastor Paulo den apostolischen Segen sprach und die Gemeinde „Amen" rief, eilte ich hinaus. Im Zickzack gegen den Menschenstrom, der sich auf das Kirchentor zu bewegte, lief ich zum Hinterhof, als ich spürte, wie ich von hinten an beiden Armen gepackt wurde.

„Wohin gehst du?"

„Du gehst nirgendwohin!" Es waren Néia und Inês.

„Ich suche Anjinho", stammelte ich.

„Wozu?"

„Was hast du noch vor?" Sie hielten mich fester und ich spürte ihre Fingernägel an meinem Oberarm.

„Ich wollte nur mit Anjinho reden."

„Mit Anjinho wirst du nicht reden", sagte Inês und beugte sich zu mir herunter. Ich sah, wie sich Speichel in ihrem Mund bildete. „Nur mit Pastor Paulo", fügte sie hinzu.

Ich erschrak so sehr, dass ich das Atmen anhielt. Ich fragte mich, warum sie nicht zuerst mit meiner Mutter reden wollten. Aber wie würde meine Mutter mich anschauen? Néia und Inês schleiften mich zu Pastor Paulo ins Sekretariat, fast so, wie wenn ich unseren Wachhund an der Leine in die entgegengesetzte Richtung zog, in die er wollte.

Mit gewölbter Brust und verschränkten Armen stand Pastor Paulo vor seinem Schreibtisch. Néia und Inês positionierten sich rechts und links von ihm, beide mit den Händen in den Hüften.

„Dies ist ein ernster Fall von Ungehorsam", sagte Pastor Paulo, mit tiefer Stimme, immer noch in derselben Haltung.

Ich schaute zu Boden, zu meinen alten Schuhen und dachte, ich könnte sie zum Schuster bringen und weiß einfärben lassen.

„Warum hast du so etwas getan?", fragte mich Inês. Sie weinte. Ich schaute in ihre geröteten Augen, dann zu Néia, die mich böse ansah. Ich blieb still.

Ich schloss die Augen. Ich hörte immer noch das Gemurmel und Gelächter der Gemeinde, als ich im weißen Engelskostüm in den Gang eintrat, zu Anjinho ging, um sie zu heilen. Ich wollte doch nur ein Engel sein.

„Warum hast du das getan, Mädchen?" Pastor Paulos Stimme klang verärgert und seine weißen Wangen röteten sich. „Was war mit dir los?"

Eine Stelle aus der Bibel von der Sonntagsschule kam mir ins Gedächtnis: „Er wurde misshandelt, aber er beugte sich und tat seinen Mund nicht auf wie das Lamm, das zur Schlachtung geführt wird und wie ein Schaf, das stumm ist vor seinen Scheren; und er tat seinen Mund nicht auf."

Plötzlich drehte sich Pastor Paulo um und schlug mit der Fast auf seinen Schreibtisch.

„Ich wollte nur ein Engel sein", sagte ich leise.

„Schwarze Engel gibt es nicht!", rief Inês aufgebracht.

Pastor Paulo hob beschwichtigend die rechte Hand. Sie schaute ihn verständnislos an. Ich schaute zu Néia in der Hoffnung, dass sie mich aus dieser Situation retten würde. Wie eine Mumie blieb sie stehen, während Pastor Paulo tief seufzte.

„Ich weiß, du bist ein gutes Kind. Ich kenne dich schon, seitdem ich hier als Pastor anfing und du noch nicht reden konntest."

Ich schaute zu ihm hoch. Inês drehte sich zu ihm und rief: „Sie hätte fast das Stück ruiniert, wenn Anjinho nicht gewesen wäre!"

„Was?", rief ich verblüfft und beugte mich vor.

„Sie muss bestraft werden, Pastor!" Weinend deutete sie auf mich.

„Inês, bitte, sei ruhig!", meldete sich Néia, während sie hinter Pastor Paulo zu ihrer Schwester ging und sanft ihren Arm berührte.

„Du bist lange genug in der Kirche, um die Lehre zu kennen", sagte Pastor Paulo zu mir mit heftiger Stimme und scharfem Blick. „Deshalb solltest du bestraft werden." Er machte eine Pause. Inês legte eine Hand auf die Warze an ihrer Oberlippe und räusperte sich.

„... und er tat seinen Mund nicht auf", dachte ich.

„Jesus befiehlt auch zu vergeben!", sprach Pastor Paulo. Seine Stimme klang, als würde er an der Kanzel predigen. „Aber vorher musst du Schwester Inês und Schwester Néia um Vergebung bitten!" Im Raum war es still. Ich hätte mein Herz klopfen gehört, wenn es draußen in der Kirche nicht so laut gewesen wäre. Ich hatte nicht gesündigt. Warum sollte ich um Vergebung bitten, und was sollte mir vergeben werden?

Ich ließ meinen Blick von Pastor Paulo zu Inês und dann zu Néia wandern und sagte resigniert mit geschlossenen Augen: „Perdão!" – „Verzeihung!" Und im Stillen sagte ich zu Jesus: „Vergib ihnen, denn sie wissen nicht, was sie tun."

Pastor Paulo brachte mich zur Tür. Hinter mir hörte ich ihn sagen: „Feliz Natal!" „Frohe Weihnachten!"

Während dem ganzen Fußweg nach Hause sagte meine Mutter kein einziges Wort. Auch meine Geschwister schwiegen. Ich stellte mir das Schlimmsten von Schlimmsten vor: Meine Mutter bräche eine Gerte aus unserem Vorgarten ab und schlüge mir damit an die Beine. Zu meiner Überraschung sagte sie zu Hause ich sollte, unaufgefordert, immer wenn der Tripeiro vorbeikäme, einen ganzen vollen Eimer Pferdäpfel sammeln und in den Garten bringen, ohne Amarinhos Hilfe. Ich wusste nicht, ob das nicht noch schlimmer war.

KAPITEL 20

Dann kam ein Monat, in dem mein Vater zuhause war. Er trank viel und ging nicht zur Arbeit. Eine ganze Woche lang trainierte meine Mutter mit Amarinho den Weg hin und zurück zur Schule, die Farbe des Busses, mit dem sie zur Schule fuhren, die Haltestellen, an denen sie ein- und ausstiegen. Im Bus ließ sie ihn beim Schaffner mit passendem Geld seine Fahrkarte kaufen und alleine durch das Drehkreuz gehen. In der folgenden Woche begleitete sie ihn nur bis zur Haltestelle und wartete so lange, bis er eingestiegen war. Abends kurz vor sieben ging sie zur Haltestelle, um auf ihn zu warten. Das Geld für seine Fahrkarten hatte sie bei der Nachbarin ausgeliehen. In der dritten Woche wechselte ich mich mit meiner Mutter ab. Am Morgen ging ich vor meiner Schule mit Amarinho zur Haltestelle und wartete, bis der Bus abfuhr, und am Abend holte meine Mutter ihn ab. Wieder musste sie das Geld für Amarinhos Fahrkarte heranschaffen. Sie versprach der Nachbarin, es ihr so bald wie möglich zurückzuzahlen. Nur Amarinho brauchte das Fahrgeld, da meine beiden Schwestern den dreißig-minütigen Weg mit ihren Mitschülerinnen zu Fuß zurücklegten. Meine Schule lag bei uns an der Ecke.

Das ist ein Gottesgeschenk, sagte meine Mutter zu uns, während sie Kopf und Arme gen Himmel streckte.

Am Montag brachte meine Mutter Amarinho zur Haltestelle. Ich hatte an diesem Tag schulfrei. Als sie zurückkam, begann sie sofort im Garten zu arbeiten. Sie kehrte Laub, goss die Blumenbete und Bäume mit dem Schlauch und brachte den Müll nach draußen. Im Haus putzte sie nicht das Elternschlafzimmer, wo mein Vater lag. Sie kochte, ging aber vor dem Essen, genau um zwölf Uhr, ins Wohnzimmer, um zu beten. Zuerst dankte sie dem Herrn für seinen Sohn Jesus und für ihren Sohn Amarinho, der den Weg zur Schule gelernt hatte und alleine hin- und zurückfuhr. Sie dankte für unsere Nachbarin, die uns Fahrgeld für ihren Sohn geliehen hatte, für unser Essen und dass wir gesund waren. Sie betete für meinen Vater, dass er irgendwann aufhören würde zu trinken und für Amarinho, dass er sicher nach Hause käme. Dann las sie in der Bibel und sang ein fröhliches Kirchenlied. Als meine beiden Schwestern aus der Schule heimkamen, aßen wir zusammen zu Mittag.

Am Abend ging ich mit meiner Mutter um sieben Uhr los, um Amarinho von der Bushaltestelle abzuholen. Um acht Uhr standen wir immer noch dort. Es war längst dunkel, doch er kam nicht. Bei jedem ankommenden Bus winkten wir, der Busfahrer hielt an, wir schauten von draußen, aber nichts war zu sehen.

Da sagte meine Mutter zu mir: „Gehen wir zurück, vielleicht hat jemand ihn nach Hause gefahren."

„Ja, Mama, und er sitzt vielleicht schon da und wartet auf uns, um zu essen. Er hat bestimmt Hunger."

Aber auch dort war Amarinho nicht. Wir gingen zu einer Nachbarsfamilie, die einzige mit Telefon, die wir kannten, und rief bei der Schule an.

„Amarinho ist wie immer um fünf Uhr gegangen. Die Schule ist leer", sagte der Hausmeister.

Meine Mutter hatte uns das Essen aufgewärmt, aber keine von uns war hungrig. Dann sagte sie: „Gehen wir ins Wohnzimmer zum Beten."

Aus tiefstem Herzen beteten wir, dass Amarinho sicher nach Hause kommen möge, und sangen ein fröhliches Kirchenlied.

Als meine Mutter aufgestanden war, sagte sie zu mir: „Fahren wir die Strecke zur Schule mit dem Bus noch einmal ab. Hol deine Strickjacke aus dem Schrank und zieh Socken an. Ich nehme einen Pullover für Amarinho mit." Und zu meinen beiden Schwestern sagte sie: „Bleibt hier im Wohnzimmer und betet." Sofort fielen sie auf die Knie.

Ich hörte sie schluchzen, als wir hinaus in die Dunkelheit gingen.

Wir fuhren mit dem Bus zur Schule. Innerhalb von vierzig Minuten waren wir dort angekommen. Es gab keine Spur von Amarinho. Der Hausmeister wiederholte, was er am Telefon bereits gesagt hatte. Amarinho war wie immer um fünf Uhr weggegangen. Es war kalt und ich sah keinen Menschen auf der Straße. Wir suchten ihn in der Gegend, aber ohne Erfolg. Schweigend fuhren wir zurück nach Hause. Der Bus war mit vier schlafenden Passagieren, die von der Arbeit zu kommen schienen, praktisch leer. Meine Brust war eng und tat weh. Ich konnte nicht richtig atmen, aber ich sagte meiner Mutter nichts. Sie litt stumm. „Was ist mit Amarinho passiert? Wo ist er jetzt?", fragte ich Gott mit gesenktem Kopf, denn er war auch ein Vater. Plötzlich lachte ich, als ich an Amarinho dachte, der sich im Bus das schönste Mädchen aussuchte und neben ihr sitzend den Schlafenden spielte. Ich hob den Kopf zum Fenster und entdeckte eine Gestalt in anisfarbenem Overall im Dunkeln.

„Mama, schau mal! Da ist Amarinho!"

"Fahrer! Bitte sofort anhalten! Da draußen ist mein Sohn! Er hat sich verlaufen!"

„Fahrer! Stopp! Bitte stopp!", schrie ich, während meine Mutter zur Vordertür eilte. Der Fahrer hielt an, meine Mutter holte Amarinho und sie stiegen vorne ein. Amarinho sah erschöpft und durcheinander aus. Sie saßen zusammen, Amarinho still am Fenster und ich allein.

„Danke Fahrer!", sagte sie, als er weiterfuhr.

Sie machte ihre Handtasche auf, holte das passende Geld für Amarinho und übergab es mir. Ich ging zum Schaffner und sagte stolz: „Uma, por favor!" Dabei hielt ich den rechten Zeigefinger hoch. Er nahm das Geld und drehte das Drehkreuz einmal herum.

„Was ist denn passiert, Amarinho?"

„Mama, ein Junge hat mein Geld gestohlen."

Meine Mutter hatte seine Lehrerin gebeten, sie sollte kontrollieren, ob er sein Fahrgeld bei sich hätte, bevor er die Schule verließe.

Danach ging Amarinho nie wieder zur Schule.

KAPITEL 21

Es war Mitternacht. Bellend kam uns Pelé entgegen, als meine Mutter das Gartentor hinter Amarinho und mir schloss. Ein schwaches Licht von der Straßenlaterne zeigte uns den Weg zwischen zwei Blumenbeten zur Veranda. Ana öffnete uns die Vordertür. Mit einer Hand hielt sie die Tür auf, während sie mit der anderen ihre Knie massierte. Ich sah Olímpia, wie sie die Hände auf den Betstuhl stützte, um aufzustehen. Dann wischte sie mit den Händen den Staub von ihren Knien. Ihre Augen sahen wie Feuerbälle aus.

Amarinho blieb still. Er hatte kalte Hände und müde Augen. Als er in dem kleinen Wohnzimmer stand, schaute er sich um. Zwei dicke Tränen liefen auf seine Wangen. Meine Mutter, die hinter ihm stand, legte den Zeigefinger an den Mund, als meine Schwestern ihn neugierig befragten, und fing an mit gefalteten Händen zu beten, weil Amarinho sicher nach Hause gekommen war. Dann stimmten wir ein fröhliches Kirchenlied an, das Amarinho gerne sang und mit dem wir Jesus dankten. „Te agradeço por me libertar e salvar, por ter morrido em meu lugar, te agradeço, Jesus te agradeço, te agradeço."

Aber Amarinho blieb weiter still und so aßen wir schweigend. Ich war auf einmal hungrig, denn seit dem Nachmittag hatten wir nichts gegessen. Trotzdem aßen alle ganz wenig und unsere Mutter fütterte Amarinho, damit er etwas in den Magen bekam.

Sie verbrachte die Nacht auf dem kalten Boden, neben Amarinhos Bett, einem alten Sessel im Wohnzimmer, den er in dieser Nacht nicht selbst ausgeklappt hatte. Mein Vater schlief allein im Elternschlafzimmer.

An den folgenden Tagen blieb Amarinho weiter still und apathisch. Mit den entsprechenden Gesten sang ich ihm ein Frühlingslied aus seiner Schule vor, das er mir beigebracht hatte. Aber er schien nicht zu hören. Ich lud ihn ein, Puzzle zu spielen, aber er bewegte sich nicht. Stundenlang saß er mit hängendem Kopf und vorgebeugtem Oberkörper im Garten oder lag unbeweglich im Bett. Er sprach nicht mit uns, nicht einmal mit sich selbst. Wir fragten uns, ob er seine Stimme verloren hatte.

Eines Tages stand meine Mutter in der Küche und spülte und ich wartete neben ihr mit einem Tuch in der Hand, um das Geschirr abzutrocknen, als Amarinho plötzlich brüllend aus dem Wohnzimmer kam und mit erhobenen Fäusten auf sie los ging. Erschrocken wich sie zurück. Wut stand in seinem Gesicht und seine

Pupillen waren ganz weit. Er brüllte wie ein wildes Tier, so dass meine Geschwister aus unserem Schlafzimmer zu Hilfe kamen. Alle zusammen hielten wir seine Arme fest.

Meine Mutter schrie: „Amarinho! Amarinho!" Er schien sie nicht zu hören. Er zappelte und trat in der kleinen Küche um sich. Da rief meine Mutter: „Das ist nicht Amarinho, das ist Satan! In Jesus Namen müssen wir ihm den Satan austreiben! Beten wir!"

Meine Schwestern begannen durcheinander zu schreien: „Sai Satanás! Sai! Em nome de Jesus!"

Während meine Mutter und meine Schwestern weiter schrien, sagte ich sanft zu ihm: „Calma Amarinho, calma!" Er wurde leiser, immer leiser, und dann entspannten sich seine Gesichtsmuskeln und er verlor seine gewaltige Kraft. Er sah mich an, mit unschuldiger Miene, als ob er nicht wüsste, was gerade geschehen war.

Dann brachten wir ihn in unser Schlafzimmer und legten ihn auf mein Bett. Er war erschöpft und wir auch. Ich blieb auf dem Boden bei ihm sitzen, bis er einschlief.

So etwas geschah nun immer häufiger. Seine Aggressivität war stets gegen meine Mutter gerichtet. Sie musste mit ihm kämpfen, aber er hatte eine unglaubliche Kraft, die uns bis dahin unbekannt war.

Es war um die Mittagszeit. Meine Mutter bereitete das Essen vor. Sie schnitt Zwiebeln und vermischte sie mit dem in Olivenöl angedünsteten Knoblauch in der Pfanne. Das Küchenmesser, das sie verwendet hatte, lag auf dem Spülbecken neben dem Herd. Ich saß im Türrahmen zur Küche auf den kühlen Fliesen und blickte durch die Terrassentür in den Hintergarten. Amarinho kam aus dem Garten, schob meine Beine mit den Füßen zur Seite, trat in die Küche, nahm das Küchenmesser und richtete es schreiend auf meine Mutter. Ich sprang auf ihn zu und rief um Hilfe. Da kamen Ana und Olímpia, und wir kämpften gegen ihn, während wir laut beteten: „O sangue de Jesus tem poder! Sai Satanás!" Er wurde müde und ließ das Messer fallen.

„Das ist Teufelswerk", sagte meine Mutter erschöpft. Ich brachte Amarinho in unser Schlafzimmer und er schlief sofort ein.

Abwechselnd behielten wir ihn Tag und Nacht im Auge. Ob er stundenlang im Garten saß oder im Bett lag, einer von uns blieb immer in seiner Nähe, so dass wir schnell reagieren konnten. Nachts schlief meine Mutter im Wohnzimmer auf dem Boden neben seinem alten Sessel. Sie versteckte alle Küchenmesser. Auch spitze Gegenstände wie Scheren und Schraubenzieher lagen nun außerhalb seiner Reichweite. Abgesehen von meinem betrunkenen Vater konnten wir alle nicht mehr richtig schlafen, denn oft verließ Amarinho plötzlich sein Bett, um in den Garten zu gehen. Meine Mutter versteckte sogar die Hausschlüssel. Wir alle waren am Ende unserer Kräfte, als eines Abends mein Vater völlig betrunken Amarinho verprügeln wollte, weil er sich am Arm meiner Mutter verkrallt hatte. Wir mussten Amarinho und meinen Vater voneinander trennen.

„Bringen wir Amarinho zum Arzt", sagte meine Mutter am folgenden Tag mit müder Stimme zu mir. „Zieh dich schnell um. Ich brauche Hilfe mit ihm im Bus."

Auf dem Weg zur Haltestelle ging Amarinho zwischen uns beiden. Wir hielten ihn am Handgelenk fest. Im Bus schwang er mit solcher Wucht durch das Drehkreuz, dass meine Mutter für ihn zwei Fahrkarten bezahlen musste. Sie saß neben und ich hinter ihm am Fenster. Die Fahrt ins Zentrum dauerte über eine Stunde. Meine Mutter und er schliefen die ganze Zeit. Während der ersten Hälfte der Fahrt hielt ich mich so krampfhaft an der Stange seiner Rückenlehne fest, dass mir der Nacken weh tat. Langsam entspannten sich meine Finger und ich schloss die Augen.

Es war Nachmittag, als wir die Praxis verließen und mit dem Bus nach Botafogo fuhren, zu einer Spezialklinik. Wir verabschiedeten uns von ihm und versprachen, bald wiederzukommen. In seinen Augen standen Tränen, aber er sprach kein Wort. Zwei riesige Krankenpfleger brachten ihn weg.

Meine Mutter und ich schwiegen den ganzen Rückweg lang. Wir mussten im Zentrum umsteigen. Kaum war der Bus abgefahren, da schlief ich mit dem Kopf am Fenster ein. Meine Mutter weckte mich: „Wir müssen gleich aussteigen."

Ich schaute in ihre roten Augen. „Hast du geweint, Mama?"

„Nein, ich habe geschlafen." Sie wischte sich die Nase mit dem Handrücken ab.

Es war fast sieben Uhr abends, als wir zu Hause ankamen.

Am Sonntag fuhr ich mit meiner Mutter Amarinho besuchen, das Fahrgeld reichte nur für zwei. Als wir dort waren, sagte uns eine Schwester, dass der Besuch für Amarinho heute untersagt sei. Noch zwei weitere Male fuhren wir vergeblich an einem Sonntag zur Klinik, um Amarinho zu besuchen.

„Es geht ihm gut, aber er kann immer noch keinen Besuch empfangen", sagte ein Arzt.

Am vierten Sonntag durften wir ihn endlich sehen. Er lag in einem kleinen Doppelzimmer. Amarinho war ans Bett gefesselt. Aus seinen ausdruckslosen Augen liefen Tränen. Sein Zimmergenosse erzählte uns, er würde mit Elektroschocks behandelt. Wir blieben die ganze Besuchszeit über bei ihm. Danach fuhren wir still zurück.

Als wir zu Hause ankamen, lag mein Vater bewusstlos und betrunken auf dem Bett.

KAPITEL 22

„Pelé, schau mal, wie viele Blättchen vom Sternfruchtbaum in deinem Wasser schwimmen", sagte ich zu unserem Wachhund, der unter dem Baum angeleint war. Er schaute mich neugierig an. Ich kippte das Wasser an den Sternfruchtbaum und ging mit dem Napf, einer alten Schmalzdose, zum Waschtrog und säuberte ihn unter dem fließenden Wasser, das schon lauwarm war von dem heißen Tag.

Während er trank, streichelte ich sein Fell. Das Füttern und Waschen unseres Hundes waren eigentlich Amarinhos Aufgaben. Aber seit er aus der Klinik entlassen worden war, vergaß er manchmal die eine oder andere Sache. Vielleicht lag es an den vielen Medikamenten, die er nun einnahm und für die mein Vater das Geld bei seinen Kollegen ausleihen musste.

An diesem Morgen hatte ich Zeit, denn die Schule begann erst um zwölf Uhr. Pelé bellte in Richtung des Gartentors und ich hörte, wie sich die Klinke bewegte. Ich lief zum Vorgarten und sah Tante Beth eintreten. Ich kniete nieder, um ihren Segen zu erbitten, bevor sie mich dazu zwingen würde. Ihre mädchenhafte Stimme zitterte, als sie sagte: "Lass es sein!" Ihre Augen waren purpurrot und geschwollen. Ich umschlang sanft ihre runde Hüfte. Sie weinte laut und zitterte am ganzen Leib. So aufgewühlt hatte ich sie noch nie erlebt, nicht einmal wegen ihrer Terrasse. Mein Herz pochte, als wollte es mir aus der Brust springen, und ich ahnte das Schlimmste.

„Wer ist gestorben, Tante Beth?", fragte ich.

„Oma."

„Nein, wie?"

„Gehen wir erst mal ins Haus", sagte meine Mutter, die plötzlich hinter mir stand. Ihre Stimme klang wie gelähmt, als hätte sie Amarinhos Medikamente geschluckt.

Ich hielt Tante Beths zitternde Hand. Sie fühlte sich warm an in meiner eiskalten Hand. Tante Beth stützte sich auf meine Mutter und wir gingen gemeinsam durch den Garten. Plötzlich fürchtete ich mich davor, meine Großmutter tot zu sehen. Wie gerne würde ich jetzt weinen und mich auf den Boden werfen, nach Oma schreien und laut beten, dass Jesus sie ins Leben zurückrufen möge! Jesus kann alles bewirken. So predigte unser Pastor. Aber ich war so sehr mit meiner Angst beschäftig, dass ich weder beten noch schreien konnte.

Wir blieben stehen, denn Tante Beth atmete schwer. Ich hörte die Stimme meiner Großmutter, wie sie bei ihrem letzten Besuch durch den Garten geklungen war. „Kinder!" Sie hatte mich mit dem rosafarbenen Päckchen überrascht, das sie aus ihrer dicken Wäschetasche gezogen hatte und auf dem ein fröhliches Erdbeergesicht abgebildet war – die Limonadenmischung.

„Wo ist Amarinho, Mama?", fragte ich, als wir in der Küche angekommen waren. Ich wollte nicht, dass er die Nachricht so brutal erfuhr wie ich.

„Er ist im Badezimmer."

Ich spitzte die Ohren. Die Dusche lief.

„Schalte das Fernsehen ein und geh mit ihm ins Wohnzimmer, wenn er herauskommt", sagte meine Mutter zu mir. Tante Beth weinte und zitterte immer noch. Meine Mutter rührte ein Glas Wasser mit viel Zucker an.

„Beth, setz dich hin und trink das. Es wird dich beruhigen."

„Mama, es ist noch nicht neun Uhr. Im Fernsehen läuft nichts."

„Dann bring Amarinho in den Garten. Bleibt dort, so lange ich mit Beth rede."

Als Amarinho aus dem Bad kam, blickte er zu Tante Beth und sah mich fragend an. „Dein Segen, Tante Beth."

Schluchzend lehnte sie den Kopf gegen die Wand und schaute zur Decke.

„Amarinho", ich zog ihn an der Hand, „gehen wir in den Garten spielen."

Er setzte sich steif in Bewegung.

„Los, gehen wir zu Pelé! Er hat heute viel Durst."

Im Vorgarten, weit weg von der Küche, holten wir Wasser aus dem Gartenschlauch. Währenddessen überlegte ich mir, wie ich Amarinho die Nachricht vom Tod unserer Großmutter überbringen sollte.

„Amarinho, es ist schon heiß. Schau mal, wie trocken die Erde ist an Mamas Rosen, Dahlien, Onze-horas und am Hibiskus!"

„Sie haben Durst, wie Pelé", sagte er.

„Genau!" Ich war erleichtert über seine Reaktion. „Fang du doch mit den Onze-horas an", sagte ich und reichte ihm den Gartenschlauch. Ich zeigte ihm die niedrigen schlafenden Sträucher am Rande des Blumenbeets. „Wenn es elf Uhr schlägt, öffnen sie sich in schönem Rosa, Gelb und Weiß", erklärte ich ihm und ging zu Pelé.

„Gestern Nachmittag kam ein Nachbar zu uns und brachte ihre Wäschetasche", hörte ich Tante Beth unter Schluchzen erzählen, als ich das Wasser zu Pelé brachte.

„Pssst, Pelé! Bleib ganz still!", flüsterte ich ihm zu und duckte mich neben den Waschtrog.

„Du weißt", sagte Beth, „wenn wir waschen, holen wir das Wasser aus dem Brunnen des Nachbarn. Aber sie wäscht lieber direkt beim Nachbarn im Garten und bringt die nasse Wäsche nach Hause, anstatt bei uns zu waschen."

„Jetzt nicht mehr, Beth", sagte meine Mutter.

„Am Gartentor traf ich den Nachbarn", fuhr Beth fort, „‚Ihre Mutter sitzt da unten an der Bushaltestelle am Straßenrand,' erzählte er mir. Ich konnte ihn nicht verstehen. ‚Was ist denn los?' fragte ich ihn. ‚Sie kommt diesen Hügel nicht hoch. Sie kriegt keine Luft,' antwortete er empört. ‚Sie ist eine alte Frau.' Dann stellte er heftig ihre große Wäschetasche auf den Lehmboden und roter Staub wurde aufgewirbelt. Zum Glück war die Wäsche mit Plastikfolie geschützt."

Der Nachbar hat Tante Beth Vorwürfe gemacht, dachte ich in meinem Versteck.

„Was hast du dann gemacht, Beth?"

Tante Beth weinte laut. „Ich rief Eliseu und wir gingen den Hügel herunter, barfuß, so wie wir waren. Der Lehm der Straße brannte wie Feuer unter meinen Fußsohlen."

Eliseu, mein Lieblingscousin! Wie schrecklich muss das für dich sein, dachte ich.

„Wie spät war es denn?", fragte meine Mutter.

„So gegen fünf. Als wir sie fanden, konnte sie kein Wort reden, so kraftlos war sie."

„Dann war es bestimmt das Herz", stellte meine Mutter fest.

„Ja, sie hat Herzprobleme." Sie redete, als ob meine Großmutter noch am Leben wäre. „Und sie nimmt keine Medikamente mehr."

„Wie bitte?"

„Du weißt, wie es ist." Wieder schluchzte Tante Beth. „Wir brauchen das Geld zum Essen."

„Ihr seid alle verrückt!", rief meine Mutter. Wenn ich nicht gewusst hätte, dass außer Tante Beth nur meine Mutter in der Küche war, hätte ich ihre Stimme nicht erkannt. Beth weinte so laut, dass ich Angst hatte, Amarinho könnte sie hören.

„Ein Nachbar brachte sie mit seinem Auto nach Hause." Tante Beth machte eine lange Pause und ich wurde ungeduldig. Ich fragte mich, warum dieser Nachbar die arme Großmutter nicht ins Krankenhaus gebracht hatte. Langsam taten mir die Beine weh in meinem Versteck und ich stand auf. Falls meine Mutter oder Tante Beth aus der Küche kämen, musste ich verschwinden.

„Sie hat sich aufs Bett gelegt und ist sofort eingeschlafen. Sie brauchte Ruhe, verstehst du?" Tante Beth schluchzte wieder.

„Habt ihr nicht zwischendurch nach ihr geschaut?"

„Doch, und sie schlief ruhig. Als heute Morgen um sechs die Kirchenglocken läuteten, habe ich nach ihr geschaut. Aber anstatt auf den Knien vor ihrem Bett zu beten, lag sie im Bett." Tante Beth weinte so heftig, dass ich fast zu ihr gegangen wäre, um sie zu trösten, als sie weitererzählte.

„Ich schüttelte sie am Arm, aber sie hat sich nicht bewegt. Sie lag da, kalt, ganz still in ihrer Ruhe. Ich rief

Leonora, Joana, Neusa, unsere beiden Brüder, aber wir konnten nichts mehr für sie tun. Als der Arzt eintraf, bestätigte er nur, was wir schon längst wussten: Sie war an Herzversagen gestorben."

„Ob sie wohl gelitten hat?", fragte meine Mutter.

„So wie der Arzt sagte: nein."

„Sie hat sich gewünscht, im Schlaf zu sterben, wenn Gott sie zu sich rufen würde", sagte meine Mutter weinend.

Meine Mutter weinte so selten! Tränen liefen mir die Wangen runter. Meine Großmutter war ein guter Mensch gewesen. Warum ließ Gott sie nur sterben? Was hat sie Böses getan? Ich schaute zum Himmel, um eine Antwort zu bekommen. Da hörte ich, wie Amarinho mich rief. Ich trocknete die Augen mit dem Zipfel meines Kleides und rannte zu ihm.

„Die Onze-horas haben keinen Durst mehr", sagte Amarinho.

„Ja, die aber schon!" Ich deutete auf die weißen Dahlien. „Wir müssen sie gießen, damit sie nicht sterben."

„Sterben?" Er schaute zu mir und seine Augen wurden groß vor Angst. Amarinho hatte immer Panik vor solchen Worten wie Sterben und Tod.

„Amarinho, wenn die Blumen kein Wasser trinken, vertrocknen sie, weißt du?" Er nickte. „Dann fallen die Blüten ab und es gibt sie nicht mehr. Aber es kommen neue." Wir hielten zusammen den

Wasserschlauch. „So ähnlich ist es mit uns Menschen. Wir sind wie die Blumen." Ich machte meine Stimme höher und sie klang leicht wie Musik. Ich hob einen Arm, wie wenn ich in der Kirche Gedichte rezitierte. Amarinho lachte. Ich lachte auch. „Weißt du, Oma ist eine alte Blume, schon vertrocknet."

„Oma muss Wasser trinken." Er legte eine Hand vor den Wasserschlauch und wir wurden beide nass im Gesicht und lachten.

„Amarinho, Oma hat uns verlassen."

„Wohin ist Oma gegangen?"

Ich schaute zum Himmel. Er war wolkenlos blau. Die Sonne strahlte uns mit voller Kraft an.

„Kommt sie nicht wieder?" Er schaute zum Himmel, als ob er sie dort suchte und zeigte mit dem Finger hinauf.

„Doch", sagte ich, während wir zum Rosenbeet gingen, „als Blume." Als sie Wasser bekamen, dufteten die Rosen schön frisch.

Wie Äffchen in bunten T-Shirts und Shorts hingen meine kleinen Cousins und Cousinen an den Guaven- und Papayabäumen auf Großmutters Grundstück, als wir durch das Tor hereinkamen. Eliseu saß mit hängendem Kopf auf der Schaukel unter dem Mangobaum. Als er mich sah, sprang er ab und lief auf mich zu.

„Wo ist Onkel Amaro, Primavera?", fragte er mich leise. So leise sprach er nur, wenn wir Geheimnisse hatten.

„Papa kommt nach der Arbeit", antwortete ich im selben Ton. „Und wo ist Tante Joana?"

„Im Wohnzimmer – bei Oma." Als er ‚Oma' sagte, wurden seine Augen feucht. Ich umarmte ihn fest.

Gemeinsam mit den anderen Kindern folgten wir dem Plattenweg. Am Eingang blieben wir stehen. Meine Mutter stand schon auf der Terrasse. Sie grüßte die Gläubigen: „Gottes Frieden allerseits!"

Auch Tante Beth saß dort mit einigen Brüdern und Schwestern aus ihrer Kirchengemeinde. Sie lasen in der Bibel. Außerhalb der Terrasse, auf der anderen Seite der Mauer, spielten meine ungläubigen Onkel Karten mit einigen Männern. Neben ihnen standen Malzbierflaschen auf dem Boden. Sie nickten meiner Mutter zu.

„Boa tarde!", sagte sie, und die Männer antworteten leise. Dann verschwand meine Mutter im Wohnzimmer.

Ich schaute an mir herab. Meine gelben Sandalen waren rot vom Lehmboden der Straße. Ich zog sie aus. Als meine Geschwister auf die Knie gingen, um ihre Sandalen zu öffnen, flüsterte Tante Beth uns zu: „Lasst die Schuhe an."

Wir blieben unbeweglich. Rasch warf ich einen Blick auf die Füße der Brüder und Schwestern aus ihrer Kirche. Alle hatten ihre Schuhe an, so wie Tante Beth.

Aus den Augenwinkeln betrachtete ich Eliseu.

„Wollt ihr Oma nicht sehen?", fragte uns Tante Beth und zog die Augenbrauen zusammen.

Nein, antwortete ich innerlich, während ich meine Sandalen wieder anzog. Ich wollte das tote Gesicht meiner Großmutter nicht anschauen.

Meine Geschwister und Eliseu wackelten unsicher über die Terrasse, wie kleine Kinder, die gerade laufen lernten. Wovor hatten sie Angst, vor Beth oder vor Oma? Ich zog meinen Cousin am Arm in eine Ecke der Terrasse.

„Wie sieht Oma aus?", flüsterte ich ihn ins Ohr.

Er schaute mich überraschend an. „Wie tot", antwortete er langsam und deutlich.

„Du hast mich nicht verstanden", sagte ich ungeduldig. „Ist ihr Gesicht ..." Ich zögerte, bevor ich die Hände mit gestreckten Fingern vor meinem Gesicht unkontrolliert bewegte.

„Was?" Er hielt meine Hände fest.

„Monströs?", flüsterte ich.

„Du meinst deformiert?"

Ich nickte mit geschlossenen Augen und spürte meine nassen Wangen.

„Wieso? Es war ein natürlicher Tod." Seine Stimme klang ruhig.

„Was tut ihr beiden in dieser Ecke?", fragte Tante Beth neben mir mit einer großen offenen Bibel in der Hand. Die andere legte sie auf meine Schulter. Sie war aus ihrem Bibelkreis aufgestanden und zu uns gekommen, ohne, dass ich etwas gemerkt hatte.

„Ich wollte nur wissen, wie meine Oma gestorben ist", stammelte ich und trocknete meine Augen.

Meine Geschwister traten hintereinander ins dunkle Wohnzimmer. Ich blieb vor Amarinho am Türrahmen stehen. Drinnen war die Luft stickig. Mitten in ihrem Wohnzimmer schlief meine Großmutter im offenen Sarg auf dem Tisch. Sie trug ein braunes Kleid, das sie nur zu besonderen Anlässen getragen hatte, und an den Füßen weiße Socken. Auf ihrem Körper lagen weiße Palmenblüten und Nelken, die noch nach frischen Blumen rochen. Meine Großmutter roch nach frischem Tod. Ihr Kopf war bedeckt mit einer perlweißen Stoffserviette. Am Kopf meiner Großmutter stand ein Stuhl, auf dem Tante Joana saß. Einige Nachbarn saßen mit hängenden Köpfen auf wuchtigen, mit dunklem Leder bezogenen Esszimmerstühlen um meine Großmutter herum.

Tante Joana legte die Hände vors Gesicht und weinte leise. Meine Mutter stellte sich hinter sie und legte die Hand auf ihre Schulter. Tante Joana schaute zu meiner Mutter hoch, als hätte sie sie eben erst entdeckt. Wortlos stand sie auf, bot meiner Mutter ihren Platz neben dem Kopf meiner Großmutter an und kam zu mir. Sie streichelte meine beiden dicken

Zöpfe, lächelte mir angestrengt zu und zog Amarinho mit der Hand auf die Terrasse.

Ana ging schluchzend zu meiner Mutter und legte eine Hand auf ihre Schulter. Eliseu ging auf den Kopf meiner Großmutter zu und blieb stehen. Er schloss die Augen und ließ die Tränen fließen. Olímpia blieb an den Füßen meiner Großmutter stehen. Sie bebte am ganzen Leib. Ich stand hinter ihr. Oma, ich kann dein Gesicht nicht betrachten, dachte ich, während ich mich hinter Olímpia versteckte. Meine Schwester weinte und ließ den Kopf hängen, und in diesem Augenblick deckte meiner Mutter das Gesicht meiner Großmutter für Ana und uns ab. Es war etwas runder geworden und in jedem Nasenloch steckte Watte. Ich schloss die Augen. Wenn ich weine, könnte Oma aufwachen, um mich zu trösten.

Plötzlich hörte ich das Summen von Fliegen im Wohnzimmer. Eine landete auf meinem Gesicht und ich zuckte vor Ekel. Sie flog davon. Ich spürte den Windhauch einer Hand, die die Fliegen von meiner Großmutter vertrieb. Eine setzte sich auf meine Hand. Das sind wahrscheinlich die Fliegen, die auf meiner Großmutter saßen und den Tod verbreiten, dachte ich. Wasser, wo ist Wasser? Ich muss Gesicht und Hände abwaschen.

„Ich gehe zu Amarinho", flüsterte ich Olímpia ins Ohr. Meine Stimme zitterte. Eliseu kam zu mir. Wir verließen unsere Großmutter und gingen auf die Terrasse an die frische Luft.

„Du kannst dich in Omas Schlafzimmer umziehen", sagte Tante Beth.

Ich bedankte mich erleichtert. So musste ich nicht durch das Wohnzimmer gehen.

„Willst du Shorts und ein T-Shirt von mir haben, Primavera?", bot mir Eliseu an.

Ich schüttelte den Kopf. „Ich brauche nur Wasser."

„Bleib doch hier, ich hole es dir", sagte Tante Beth und stand auf. Als sie ging, überlegte ich, wie ich Gesicht und Hände waschen konnte, ohne gesehen zu werden, denn ein Waschbecken gab es nicht.

„Da ist genug Zucker drin, um dich zu beruhigen", sagte Tante Beth und gab mir einen Becher aus Zink.

„Was hast du denn, Primavera?", fragte Eliseu.

Wie konnte ich ihm sagen, dass die tote Großmutter mich ekelte, ohne ihn, ohne sie zu verletzen?

„Sie ist nur erschüttert", antwortete Tante Beth an meiner Stelle.

„Dann trink doch dieses Wasser und es wird dir gut gehen", sagte Eliseu trocken.

Tante Beth und Eliseu schauten mich an, während ich das Wasser trank. Ich fühlte mich schwach. Ein heißer Wind wehte und ich schnappte nach Luft, hielt aber den Atem an, als der Geruch von Blumen und Tod aus dem Wohnzimmer in meine Nase drang. Alles um mich herum begann sich zu drehen und ich fiel zu Boden.

Ich erwachte auf dem Doppelbett meiner Großmutter. An der Bettkante saß meine Mutter und fächerte mir Wind zu. Ana und Olímpia weinten und Amarinho hielt meine Hand.

Ich erschrak. „War ich mit Oma im Himmel?" Ich schloss die Augen und die Tränen liefen.

Dann hörte ich Amarinho sagen: „Nein, wir sind bei dir."

"Hört auf damit!", sagte meine Mutter.

„Eine reicht, Primavera." Als ich Eliseu Stimme erkannte, öffnete ich die Augen.

„Ich möchte mich hinsetzen." Ich wollte nicht wie tot auf dem Bett liegen, auf dem Bett, in dem meine Großmutter gestorben war, die nebenan im Wohnzimmer im Sarg lag.

„Du bist noch schwach. Bleib doch liegen!", befahl mir meine Mutter, und zu Ana sagte sie: „Hol ihr etwas zu essen."

Ich schüttelte den Kopf. Mein Magen drehte sich. Im Schlafzimmer meiner Großmutter war es extrem heiß mit so vielen Menschen. Das kleine Holzfenster war geschlossen. Luft und schwaches Licht kamen nur durch die Holzlatten des Fensters.

„Ist es schon Nacht, Mama?", fragte ich.

„Nein, noch nicht."

„Wann ist die Beerdigung?"

„Erst morgen früh um neun."

Ich fragte mich, warum in Gottes Namen Oma nicht heute begraben wurde. Als könnte meine Mutter Gedanken lesen, sagte sie: „So kommen alle Verwandten noch rechtzeitig."

Ich schloss die Augen wieder.

In der Nacht drückte meine Blase. Ich musste dringend in das Häuschen. Um mich herum hörte ich Schnarchen. Ich bewegte mich und fühlte kleine Arme, Beine und Köpfe. Überall auf dem Doppelbett meiner Großmutter lagen kleine Kinder. Wenn ich aufstehen würde, würde ich meinen Platz verlieren. Aber noch schlimmer war es, durchs Wohnzimmer an dem Sarg vorbeizukommen. Dann würde sie einen Arm ausstrecken und nach mir schnappen. Mein Kopf pochte vor Schmerz und meine volle Blase tat weh. Plötzlich hörte ich im Wohnzimmer nebenan Schritte, die direkt in meine Richtung kamen.

„Ah! Du bist wach!" Es war Tante Beth und ich freute mich, sie zu sehen.

„Tante Beth, ich muss dringend ...", flüsterte ich mit beiden Händen auf meinem dicken Bauch.

„Geh doch! Du weißt, wo es ist."

„Aber ich habe furchtbare Kopfschmerzen. Kannst du mit mir gehen?"

„Du gehst, und ich halte deinen Platz im Bett frei."

„Ich habe Angst."

„Wovor?" Tante Beth sah mich überrascht an.

„Vor Oma." Ich weinte.

„Hör mal! Wie alt bist du?"

Ich zeigte ihr acht Finger.

„Du bist schon zu groß, um Angst vor Toten zu haben."

Ich schluchzte nur.

„Psst! Willst du die Kleinen wecken?"

„Bitte, Tante Beth!"

Sie half mir aus dem Bett zwischen den kleinen Kindern hindurch. Wie eine Schwangere hielt ich mich an Tante Beth fest und wir gingen bis zur Wohnzimmertür. Ich drehte den Kopf zurück, weinend. „Ich kann nicht durch das Wohnzimmer gehen."

„Oma ist tot. Sie kann dir nichts tun."

Ich versteckte meinen Kopf in den Händen meiner Tante, um meine Großmutter im Sarg nicht zu sehen. Im Wohnzimmer hörte ich Geräusche von Menschen, die auf den großen Stühlen saßen und sich bewegten.

„Schlafen Sie ruhig weiter", sagte Tante Beth zu den Leuten. „Meine Nichte hatte einen Alptraum." Und zu mir: „Ich glaube nicht, dass du dringend Pipi machen musst."

„Doch!"

„Es sind nur ein paar Schritte", sagte sie. „Die schaffst du."

Ich drehte den Kopf zur Wand, weg von Tante Beth und meiner Großmutter, versteckte ihn in den Händen und wir gingen gemeinsam weiter. Als ich auf der Terrasse wieder die Augen öffnete, stolperte ich über die Beine einer Cousine, die auf dem Boden saß und schlief, so wie Ana und Olímpia. Außerhalb der Terrasse spielte mein Vater Karten mit meinen ungläubigen Onkeln. Eine Zigarettenschachtel steckte in seiner Hemdtasche.

„Ich gehe eine rauchen", sagte er in die Runde und ging in Richtung des Tors. Meine Großmutter hatte nie erlaubt, dass man auf ihrem Grundstück rauchte.

„Papa!", flüsterte ich, „wo sind Mama und Amarinho?"

„Sie schlafen bei deiner Tante Joana", antwortete er und ging auf dem Plattenweg zum Tor.

In der sternklaren Nacht verschwand langsam der Gestank von meiner Großmutter und ihren Blumen aus meiner Nase und ich atmete frische Luft. Ich stützte mich auf Tante Beth, lehnte meinen Kopf an ihren Arm und wir gingen zum Toilettenhäuschen. Aber je mehr wir uns dem Häuschen näherten, desto mehr drang ein Gestank von altem Urin und altem Kot durch meine Nase bis in meine Lungen. Instinktiv hielt ich mir die Nase zu. Der Druck in meiner Blase verstärkte sich und ich war gezwungen, direkt vor der hohen Stufe des

Häuschens stehenzubleiben. Ich hörte die Grillen, die in der Dunkelheit des Busches aus der Richtung von Tante Joanas Hütte laut sangen. Dort könnte ich pinkeln, sagte ich mir, anstatt in diesem dreckigen Klo.

„Ich helfe dir mit der Stufe", sagte Tante Beth, und mit einer hastigen Bewegung hob sie mich hoch.

„Keine Angst, meine Lieblingsnichte, ich warte hier auf dich."

Als ich fertig war, stank es noch mehr. Es ging mir immer schlechter. Mein Kopf pochte vor Schmerz. Ich wollte nur weg von diesem Toilettenhäuschen!

Vor Tante Beths Küchentür blieben wir stehen. Sie bot mir Brötchen mit Mortadella und Kaffee gegen die Kopfschmerzen an, aber ich lehnte dankend ab.

„Ich mag keinen Kaffee."

„Jedes Kind trinkt Kaffee", murmelte sie.

Der Klogestank, den ich noch in der Nase hatte, vermischte sich mit dem Verwesungsgeruch von meiner Großmutter und ihren Blumen, dem frischen Kaffee und dem Essen. Vermutlich hatte ich wie jedes Baby Milch mit Kaffee in der Flasche bekommen, aber ich konnte mich nicht erinnern, jemals Kaffee getrunken zu haben.

„Ich kann nichts essen", flehte ich Tante Beth an. „Es würde mir nur schlechter gehen, glaub es mir."

„Vorhin hast du noch wie ein kleines Kind geredet und jetzt redest du wie eine Erwachsene."

Mein Vater kam zu seiner Runde zurück, mit der Zigarettenschachtel in der Hand, und steckte sie wieder in die Hemdtasche.

Er roch stark nach Zigaretten. Mein Magen rebellierte. Die anderen Männer hatten rote Augen und rochen nach Bier. Ich fühlte mich schwach und musste mich wieder hinlegen. Aber allein konnte ich nicht durch das Wohnzimmer an meine Großmutter vorbeigehen. Die Angst überfiel mich wieder.

„Tante Beth, ich möchte ein Brötchen mit Mortadella", sagte ich zu ihr, „danach würde ich mich wieder hinlegen."

„Ja, meine Lieblingsnichte."

Mit geschlossenen Augen kaute ich das Brötchen und ging mit meiner Tante ins Schlafzimmer zurück. Die kleinen Kinder hatten sich im Bett ausgebreitet. Ich rückte ein paar Köpfe, Beine und Arme beiseite und schaffte mir einen Platz quer am Fußende des Bettes. Tante Beth setzte sich auf den Boden zwischen Wand und Bett.

„Ich bleibe bei dir, bis du einschläfst."

„Wach auf! Wach auf!" Es war meine Mutter, die mich weckte. Ich suchte um mich herum auf dem Bett die kleinen Kinder, die bei mir gelegen hatten.

„Wo sind die Kinder, Mama?"

„Sie sind beim Frühstück." Schon wieder Essen, dachte ich. Ich hatte keinen Appetit. Ich setzte mich im

Bett auf. Meine Mutter glättete meine dicken Zöpfe mit ihren Händen und band sie wieder fest. Dann befeuchtete sie ihren Zeigefinger an der Zungenspitze und wischte mir über die Augen.

„Gleich kommt der Pastor und hält einen Gottesdienst, und danach fahren wir zum Friedhof, wo dein Opa liegt."

„Soll ich mitfahren, Mama?"

„Was für eine Frage!"

Wie oft war ich schon auf Friedhöfen bei Beerdigungen gewesen: von Opa, nahen und entfernten Verwandten, Nachbarn und auch von Brüdern und Schwestern unserer Kirchengemeinde, von Kindern bis zu Erwachsenen, sogar Menschen, die ich gar nicht richtig kannte.

„Wie kommen wir zum Friedhof?"

„Wir haben einen kleinen Bus gemietet."

„Wer denn?"

„Jeder von uns hat etwas beigetragen."

Mein Vater ist erst am Abend eingetroffen. Vielleicht hat er vorher Geld ausgeliehen.

„Pass mal auf!" Sie senkte die Stimme, als würde sie mir ein Geheimnis verraten. „Sobald der Pastor Amen sagt", ihre Augen wurden groß, „gehen wir den Hügel hinunter bis zur Hauptstraße und steigen in den Bus."

„Und warum können wir nicht hier vor Omas Haus einsteigen?"

„Weil der Bus es bis hier oben nicht schafft."

Ich nickte.

„Du bleibst mit deinen Geschwistern zusammen."

Ob der Bus hier oder an der Haltestelle anhielt, darüber machte ich mir keine Gedanken. Ich sah wieder das Gesicht meiner Großmutter vor mir, bevor der Sarg geschlossen würde.

„Du musst was essen. Wir kommen erst am Nachmittag nach Hause."

Der Pastor und seine Ministranten trugen dunkle Anzüge und Krawatten. Jeder hielt einen Hut, eine Bibel und ein Gesangbuch in der Hand. Sie standen um dem Tisch herum, wo meine Großmutter lag, zusammen mit den gläubigen Verwandten. Die warme Luft von Leben und Tod kam aus dem einzigen Fenster, das zur Terrasse führte, dort, wo ich mit meinen Geschwistern stand. Da das Wohnzimmer überfüllt war, brauchte ich den Sarg nicht zu sehen. Das Gesicht meiner Großmutter musste abgedeckt sein.

„Singen wir den Hymnus 214", rief der Pastor.

„Unser Erlöser ging, um einen Ort der Ruhe und Pracht vorzubereiten. Wir wollen in den Himmel kommen, wo Christus schon ist, an den Ort, wo wir ruhen werden. Wir wollen dorthin, wir wollen dorthin, wir wollen dorthin. Welche Freude wird es sein, wenn wir uns dort treffen."

Den letzten Vers sang ich nicht mit. Meine Großmutter ging zum Friedhof, aber ich wollte ganz bestimmt nicht dorthin.

„Noch eine Rose wurde in Gottes Garten gepflanzt." Als der Pastor dies sagte, schrie Tante Beth: „Nein! Nein! Nein!" Ihr Gesicht war verzerrt und sie sah plötzlich wie eine alte Frau aus. Dann ballte sie zitternd die Fäuste und warf den Kopf zurück. Tränen liefen ihr die Nase runter bis in den Mund.

„Nein! Nein! Nein!" schrie Tante Beth erneut und schlug sich mit überkreuzten Fäusten gegen die Brust, bis ihr Kopf kraftlos nach vorne fiel und ihre Arme schlaff herunterhingen. Sie wurde ins Schlafzimmer gebracht.

Der Pastor betete für die Angehörigen meiner Großmutter. „Möge der Herr sie alle trösten."

Danach rief er die Angehörigen, die sich von meiner Großmutter verabschieden wollten und verließ mit seinen Ministranten das Wohnzimmer.

Meine Mutter rief uns zu: „Kommt herein!"

Die Zeit ist gekommen, sagte ich mir.

Tante Joana stand mit ihren Kindern vor uns in der Schlange. Sie blickte meine Großmutter an und ging weinend weiter, gefolgt von ihren Kindern. Eliseu küsste die Hände meiner Großmutter und weinte. Er ging weiter an mir vorbei. Seine Augen waren so feucht, dass er mich wahrscheinlich nicht gesehen hatte.

Hintereinander küssten Ana und Amarinho die Hände meiner Großmutter. Meine Mutter musste Olímpia hochheben, damit sie heran kam. Danach verließen meine Geschwister das Zimmer. Meine Mutter packte mich unter den Achseln und hob mich zur Großmutter. Ich beugte mich vor. Das Gesicht meiner Großmutter war nach vierundzwanzig Stunden aufgedunsen und hatte blaue Flecken. Ich hielt den Atem an, schaute auf ihre geschwollenen Hände und fixierte eine Stelle, wo ich küssen konnte.

Meine Mutter schüttelte mich und flüsterte: „Mädchen!"

Ich schloss die Augen und meine geschlossenen Lippen berührten die kalten Hände der Toten, so kalt wie Eis. Als ich den Kopf hob, stellte meine Mutter mich auf den Boden. Ich drehte den Kopf zur Seite und wischte mir die Lippen am Kleid ab.

„Ruhe in Frieden!", verabschiedete sich meine Mutter.

Weinend kam Tante Beth aus dem Schlafzimmer und ging mit gefalteten Händen auf den Sarg zu: „Mutti! Verzeih mir!"

„Ein bisschen spät, Beth, oder?", rief Tante Joana.

„Joana, bitte", beschwichtigte meine Mutter.

Beth streckte die Arme vor und schloss die Augen. „Bitte verlass mich nicht, Mutti!", rief sie und warf sich auf die Brust meiner Großmutter.

„Beth!" Die Leute im Wohnzimmer schrien durcheinander.

„Was machst du?"

„Bist du verrückt geworden?"

„Das ist respektlos!"

„Schnell! Joana! Komm! Holen wir sie von hier weg!", rief meine Mutter.

Wir stellten uns auf beiden Seiten des Plattenweges in zwei Reihen auf und bildeten einen Korridor. Eliseu stand mir gegenüber und weinte. Meine Augen blieben trocken. Mein Vater und drei Onkel kamen mit dem Sarg von der Terrasse über den Plattenweg. Mein Vater ging mit dem ältesten Onkel vorneweg. Es steckte keine Zigarettenschachtel in seiner Hemdtasche. Als er an mir vorbeikam, sah ich Tränen in seinen Augen. Da fühlte auch ich meine dicken warmen Tränen fließen.

Langsam folgten wir dem Sarg durch das Tor die Stufen hinunter bis auf die Straße und warteten, während er in den Leichenwagen geschoben wurde. Als der Wagen sich in Bewegung setzte und die steile Lehmstraße hinunterfuhr, wirbelte er eine Staubwolke auf. Da entdeckte ich zwei schwarze Taubenflügel, die vor mir sanft zu Boden schwebten. Ich fing sie behutsam auf und verbarg sie in meinen Händen.

Wenn Ihnen mein Buch gefallen hat,
freue ich mich sehr über eine positive Rezension.

Mehr über mich erfahren Sie hier:
www.elvirasantos.de